“一带一路”大型系列丛书

总策划　戴佩丽
主　编　孙春光

# 端详胡杨

## 新疆是个好地方

秦毅◎著

中央民族大学出版社
China Minzu University Press

**图书在版编目（CIP）数据**

端详胡杨 / 秦毅著 .—北京：中央民族大学出版社，2021.4（2023. 5 重印）
（“一带一路”大型系列丛书 . 新疆是个好地方 . 第三辑）
ISBN 978-7-5660-1891-5

Ⅰ. ①端… Ⅱ. ①秦… Ⅲ. ①诗集—中国—当代 Ⅳ. ①I227

中国版本图书馆 CIP 数据核字（2021）第 025574 号

**端详胡杨**

著　　者　秦　毅
责任编辑　戴佩丽
责任校对　肖俊俊
封面设计　舒刚卫
出版发行　中央民族大学出版社
北京市海淀区中关村南大街 27 号　　邮编：100081
电话：（010）68472815（发行部）　传真：（010）68933757（发行部）
（010）68932218（总编室）　（010）68932447（办公室）
经 销 者　全国各地新华书店
印 刷 厂　北京鑫宇图源印刷科技有限公司
开　　本　787×1092　1/16　印张：15
字　　数　198 千字
版　　次　2021 年 4 月第 1 版　2023 年 5 月第 2 次印刷
书　　号　ISBN 978-7-5660-1891-5
定　　价　60.00 元

# 目 录

一带一路

"一带一路"大型系列丛书
——新疆是个好地方

# 第一辑

# 向西的西域

# 新　疆

## 新疆印象

隆起的雪峰，离神最近的地方，一碗羊肉汤搅动着你的胃。晴朗总在绿色过滤活动的阳光，缓行的羊群，在苍茫中掀起亢奋。

野性的寒冷，在雪后寻找代替的故事。在一杯酒里，我所背负的世界，总是热性的。

暴风刮起的时候，我还在熟睡。总有雪缓慢地爬行，在空白处，春天的脖颈，汗水的咸味，被迫粘在身上，但可以用来洗去风尘。最先发出信号的杏花，再现某一个夜晚，雨水的精灵。树荫下的舞蹈，手鼓张开毛孔，接纳青涩与圆润，在脚底的金黄里，星光与落日同时闪现，绿洲在制造秋天的学说。正待升起的黎明，在泥土与干枯之间，出手相救蔚蓝，有如书讯的气息，已无法用逗号，或者句号结束翻开的书卷。

沙漠走在空旷之地，伸向带泥土的房屋，原本就在一片荒漠中，被失血的云朵罩着，天空也不会眷顾我，陷落中我不时在失眠，从不奢求什么。

长睡不醒的大漠，撬动流浪的风雪。

太阳醒着，土地贴近春光，是凝结的河流，河流是我的伙伴，是伙伴就要会合、总会拥抱。

胡杨林是不可逆转的，即使在无人地带，也会在沙漠的石砾中茂盛，孤独地开出嫩叶，花蕾中有我的眼泪，有天空的眼泪。

纯洁的庄稼，是所有人的姓氏了，复活的麦浪，动词和形容词，未加说明的注释。

偏向五月、偏好五月，洒落一地熟杏。

风是唯一的动能，一双翅膀在土地上茂盛，只顾传递丰富的外表，在空气中寻找呼吸，连同嘴唇和喉咙。

山岗的胸脯，绿色起伏，浓荫下，秋光与舞蹈较劲，深沉的树木，丰富着片片田野。树冠的喧哗，被栽种云端之上，使劲疯长的果实，之后便被窖藏。时光交给了田垄，就在月色的泪水中，仿佛度过一个世纪，有一双眼睛，突然发现了星空。

大雪无法扑灭，动态的牛羊被编入天明，接受大喜大悲或大起大落；马群像芦苇随风倒伏，漫长而野性，前蹄和后蹄在消化扩张的自由。

选择靠近雪山，一再赶路的草根，以不眠的精神生长，并料理春天的事务。醒着的自由，相握命根，以至于在三月轻如披风，遍地牛羊，以很低的姿势，再一次陷入水声丰满。落雨到达的时间，久拖不决，褐黄在夜色里，凸起或横卧着，倒毙的驼印，生硬的河水，被赞颂的云朵，爬上屋脊。

记住火焰般的山峦，鲜亮的五月，绿洲的爪子蜷缩着。沙漠疾驶如飞，使太阳降落时，只剩下通红的肌块，看懂雪峰时，遍地金黄已在奔袭。

庆幸自己是泥土，赖以生存的温床，在一片解冻的震颤中，只想爆发预期。

## 新疆是一本大书

城市里只有风景没有风光。渴望无限风光，就得长途跋涉，充满冒险的欲望。1996—2000年，我终于有机会翻阅了新疆这本大书。我用脚丈量这块土地，用脚阅读，我的双脚像圆规，在大地上画出轨迹，也画出我的人生轨道。我像蚕蛹蠕动在塔里木盆地、准噶尔盆地黄褐色的桑叶上，咀嚼灰色、墨绿、黄色、土灰色错落有致的苍茫大地。

天山是这本书的架构，把新疆自然切割成风光迥异的两个版面。沙漠和绿洲永远是这本书的主题。带着羊膻味、神秘的、需要跨越干沟才能到达的南疆像小说，天地相接，一览无余，但有时显得冗长、枯燥。库车大峡谷，陡然像一个奇峻的故事情节斜插出来，吸引着众多探险的目光。

蘸着塔里木河、叶尔羌河、博斯腾湖的墨渍，大自然肆意挥洒到的地方就变为绿洲。由于风的甩动，绿色泼洒不到的地方，就成了大沙漠。

沙漠在尽情舒展边界线，一个个地州，像小说的章节一页一页地从我眼前翻过。314国道把南疆的各个城镇像马奶子葡萄一样串联起来。其实每个城镇都有故事，用深厚的情结让我驻足：如香妃墓、艾提尕尔清真寺上夜晚升起的一轮弯月、和田长寿的核桃树、库车王府。

蜿蜒而流的塔里木河、叶尔羌河粗犷地穿过沙漠的脉管，巴音布鲁克草原，是南疆唯一的一张绿色邮戳。博斯腾湖却平静无波，透明晶莹。金沙滩好似海滩，诱惑着前来“看海”“湿海”的人。

在沙漠公路两侧，让人震撼的胡杨树出现在我的眼前，肤色粗犷、生命力旺盛的胡杨树，经历了大自然的鬼斧神工，在夕阳下犹如红髯公。站在胡杨树旁，罗布泊人村寨寂寥地关闭寨门，夕阳西下，炙热的天空、戈壁风，整个天地苍茫一线间，我像感叹号，矗立于荒漠。

穿戴绿色、散落湖泊的北疆像抒情长诗，撩人想象，苍凉中的清秀、绵延山脊的绿色精美地散落于额尔齐斯河和伊犁河两岸。江布拉克山顶原始成熟的麦香，犹如壁画，悬挂在山梁，山道上，塔松会像标识轻松把你带上山顶，松鼠快乐地雀跃，牛粪烘烤的烟味寂寞地升起。赛里木湖用湿气梳洗游人的烦热，果子沟用那松枝和荫翳搭成的绿色屏风，牵引着过往的车队流连忘返。夕阳西下的那拉提草原，动如脱兔的马群，牧马人的长鞭凝固在空中，一动一静，刻画了一副雄浑之美。牧民的毡帽，在夕阳下半明半暗，从马背上走下山岗的太阳，湿气逼人。之后夜色像潮水袭来，湿漉漉的潮气打湿了毡房中我的梦。站在喀纳斯晴空下扇形的望鱼厅，太阳撑起我好奇的欲望，我翘首那个神秘的出现。眼底的喀纳斯湖绸缎般柔软的水波，深邃而悠远，在湖中快艇像我的思绪，激起两道冰冷的梦境。

喀纳斯因为红鱼而神秘，红鱼因为深藏千尺水底而神秘，新疆因为喀纳斯而神秘。

喀纳斯是一张被神秘包裹的名片，凡是来过喀纳斯的游人，脚底都会沾着神秘，将喀纳斯带往全国乃至世界各地。

新疆的美是苍茫之美、辽远之美、险奇之美、雄浑之美，天高云淡，产生距离之美，驴车当道，产生旷世之美，面纱蒙脸，产生神秘之美。亲近大自然，捧读这本并不晦涩难懂的厚书，我不知不觉地感觉上瘾。在与大自然握手、拥抱之中，我融入其中、深化其中，就仿佛进入了一个无声的讲堂……

# 致敬南疆

## 一

沙石在开展圈地运动，天空隐秘的弓箭，盘旋于黄尘之上的某种力量撕裂一条河流，被一阵风卷进动作干涸的河床。

一群牦牛牵引的时光，无限膨胀中，被一场大雪吸引，一场石头的盛宴，通过雪水的筋脉。把焦灼的花朵，从一种意识中拽醒。

返回阳光时，与一只鹰被迫在天空对话，干渴的嘴唇，进入沙漠的腹地，在血液里，判断与外部世界的约定，白杨树扳倒矗立的时光。

有历史的地方，一定是在南疆，驾驭一座古堡，穿插着岩画与峡谷的命名。花帽般的南疆，充斥雨声的绿荫，最终把我掩埋的必定是尘土。

跪地正视中，绿洲如同一只蜥蜴，回头瞥见一座更大的峰峦，慕士塔格峰，南疆的果实，从清晨的泪水中，孤独地播下种子。

太阳紧盯着一个发红的季节，风在我的手上舞蹈，像抽动的陀螺，掂量南疆的分量，展开一场与天山的竞走，使我不由自主地想战胜自己。

## 二

从我开始的星光，在一条线路上，把南疆串成页码，激动无异于一扇扇窗户，缠紧骆驼的缰绳，在一个晚上卧成侧影。

非常易懂的天空，风在季节的隧道，响起羊水破裂的喘息，雪花堆积到头顶，把天空泼成重伤，目光的森林老去。岩石上的暴风，把一缕雨水栽种在雪中，延续的路径，悄悄唤回一丝绿意，苏醒是早春的喇叭，敏感的花束，星星点点，在一夜之间，陶醉干涩的地表。炽热的阳光，迸裂一棵枣树的记忆，翻动山峦的厚度。

## 三

干涸地带上的时光结出果树，仍能感受一束阳光，解剖倒伏的麦浪。

暖风中的秋天，拥抱花开花落的视觉，泛滥的雨水，荡涤大地的时候，并不存在一劳永逸的河流。

留下一片空地，拭去没有眼泪的昼夜，一座动情的绿洲，在风雨中变得荫凉。夜晚亮起灯火，接受尘世的祝福，张开眼睛，月光点亮山峦中的大雪，过近或过远，都属于真实的距离。

从未走形的声音，行走方圆千里，仍在透明的岁月，挎在手臂的镰刀，周围的一切，都在证明天空很大，我们就变得很大。

整理一种通透的符号，白杨树和榆树的枝干，以分享的姿态，拱亮天空，身陷于满地落雪和满身炙热，脚下泛滥着远方。南疆是一棵桑葚树，附耳倾听，劳作中落地的种子。只因装着一筐天地的故事，触摸发黄的轮廓，已无法从我的心中删去，滚烫和冻硬的石头，变身为一轮不离不弃的弯月。

## 四

以沙土性质的道路，迎接黎明的起降，凝满内核的石榴，在我的手掌掩面而歌，几乎所有的天空，都在喷火的七月交替，呈现晴朗与浮尘。

黝黑的肤色、褐黄的手臂，鹰下榻的地方，断流的河水，却一再切开大地的沉寂，棋子般散落的果园，动词般的绿洲，浑厚的高原，绵延的大风之上，屹立就是一根支柱。

雪峰显形的时候，与太阳保持一种最短距离的拥抱，穿过亘古的胡杨，倔强的脊梁，始终都是不安分的云朵。

沙砾的胡须一直都在扎疼我，巨大的回忆留下一片张望，独自与南疆合影，总有大漠紧贴我的皮肤。我想看到雨声，如大地的血液，一再把草原留住，而我的行囊越走越远直至按响人迹罕至的地图。

## 五

在默诵中有一种神秘，梳理琉璃瓦上的弯月，引燃的一盏灯，未加说明的注释，令我在夜晚找不着北。留宿高地的河流，拱形的月色，不仅仅捅破天空，还在柔情侠骨中，做着信使，延长尘土中绿洲的模样。

沙地打开的季节，在落雨前到达，桃花开放，应对走向成熟的理由，大地安详的声音，等于一座谷仓及生命的长度。大雪摇晃一层窗棂，构筑菱形的时针，在降落中，已无法切割天地的界限，纯洁的大地，从暖风中升起的翅膀，擎起雪峰的真实。

浅绿在脚下，渺小如雨点的分币，似乎是摇篮，细密的写意，设法留住一个季节，花朵是所有人的怀抱，而我的行囊一直撑起坎坷的路途。

# 在西部

## 一

试着挑逗雪山，迈向一道鹰笛的闪电，一呼百应，膨胀在夜色里的想法，始终纯洁如玉。被一片雨水相中，几乎被叫醒的黎明，尤其喜欢，从一扇窗户里透出有形的奢望。桃花在13摄氏度以上，从未犹疑，在一帆风顺与灰飞烟灭间，总有一对辩证关系，与东南风一道蹁跹而来，在不断提升日头的影子。

我得分辨，头顶种植的一片鸟鸣，昼短夜长变成昼长夜短的规律，只是我在纠结，与一匹马亲近的落雪，很容易发白，也很容易发黄。

## 二

五月往上抬升沙土，令灌木蹚进沙海的杯盏，发起冲锋，显得冷峻和瑰丽。由外而内的喜悦，一行颀长的足印。无论来自前方和后面的风，涌来的理性，拾起远方，就从树木和草原做起。牧人的泥土在夜晚到达。草甸上的雪，竞走的云朵，在掌灯时分，一切兴奋的原点，戳疼滚烫的月光。正中下怀的一场雨，一系列的自选动作，兑现含泪的花瓣和植被的本色。

## 三

从西往北的环形山峦，在胸前拱手作揖，干枯的河床，以走低的姿势，再一次陷入水声丰满。在尘土与尘土之间，大地的走动趋于兴奋，每一时刻都相信，晴朗是云朵的颤音，在屋脊上，雪山张开双翅，一张白纸击中的灰蒙蒙，开始撕裂雪水，在红蓝色山峦间，雨水是云翳下的舞蹈，凸起或者醒着，承接明亮的诗句，雪水被注入发芽的历史，一万次响声里，引燃脚底自身的金黄，信手拈来中，被赞颂的云朵，硕大的灵魂，在头顶接纳青涩与圆润。

## 四

岁月之末，很难据此推定，莽莽苍苍的雪海，不是银色的作品。疏离感与陌生毫无相似之处，佯动于冰山的子宫，山峰显得矮小，前仰后合相随天空。雪走着弧线，四爪抓住一场更迭的草场，疾驶的道路，在寒冷中互相跌落，被旷野揽于一身。匆匆驶过或伫立凝望，向南以最快的速度拨开积雪，牛羊面对满山草坡已急不可耐。天山之蓝，一直蓝到我的心里。

穿越天山，请求把沉重的面纱掀开，春天的河水翻过身来，正一段段吹皱发硬的天空。从根须上，展现另一种身份，一再赶路的草香，许久都不会熄灭。在有风的地方，种子就不会荒芜，失去水分的河流，没有理由反对绽放。在一片丘陵之上，许久的亮色，把我的心落满油绿。金色的胡杨，与我的命运极为相似，无法揭秘的身世，驮载正午之后的时光。如果没有退路，便习惯于前行，拾起麦粒，延续脚底风或雪的讯息，南疆已是我不得不选的理由。

# 一个人的南疆

## 一

翻阅沙漠的词典，与一座绿洲的倾吐早在酝酿，不仅仅是路遇。被坚硬的阳光叫板，秉烛持卷的将军，在晨曦结束前，风铃挂满了雪声，被一片繁盛与荒芜相中，并且不离不弃绽放旷野，绿色孵出的小鸟，已无法关闭眼睛和心灵。在心里养着的天山，总在夜色和白昼里释放，以天地为尺度。当一夜雨滴简写山和水，也就读懂了，我要致意的蔚蓝的力量。

在大雨的雷电中，由寂静填充的羽毛，朝拜沉闷的风。四月的漩涡，阳光是所有人的怀抱，却并非一路清新，杏树、桃树经雨水的暴涨，便很温暖。清晨在拯救无数放大或缩小的草场。蹲立的雪峰，在夜晚均衡月光与岩石的碰撞，一手遮天的骄阳，被大风抱大，鸽子贴着天空的面颊起伏。顷刻到来的大雪，启程仅存的硕果，瞬间堆满凹凸不平的呻吟。从你身上挪开生长一地的枯黄，我赶快下马，接纳无花果、巴旦木、香梨、葡萄简单的味道，把风沙里的土地栽种在雨中。

## 二

从高原的骨缝中钻出，与荒芜结伴成长，以干涸著称的河床，被密植在沙海跋涉于封闭的大漠，应对死亡和充满痛苦的道路。

天山蹲在一块岩石上，雪水坍塌在眼前，在数十吨重的奔流中，带来河流预期的力量。骆驼的缰绳互设长距离的驿站，向一种沉默不语的力量靠拢，多芒的太阳，使用频率最高的一种语言。高原敞开胸膛接纳干涩的云朵，设想把几道雪水凝聚起来，在谷物成熟后的兴奋里，白昼以膨胀的速度灿亮。

近距离地端详一棵苹果树，想栽种所有的果实，大抵在春天自由被一片上升的山峦相中。银色的雪峰下，大雨中更容易记住一块绿洲的心跳。

## 三

太阳偏西时，在一团火焰的背景下，大雪企及的地方，把一座山脉一分为二，向沉默靠拢，被风吹开的辽阔，封死所有出口，从远而近掀起晕轮的洪峰。

一片驼印，在浩瀚的月色下，表现出负重的血色，旷世的风中，在夜里发酵的沙土，划开一道口子，从开放花季的手中，接过一个风筝，站立起来的云，冲向面颊，密不可分的雪，挽留一场泥土。矗立起来的道路，与大雪联姻，已逾千年，向一座灰色的云朵发起挑战。河流的脉象落户燃情的航道，雪水在地下，一种扩张的任性，直至把高原推到脚底。

在一切诚意中，获得救赎，多动的南疆，与一场风的对话。一棵苹果树从绿色中孵出，匍匐的田野，止于风中的絮语，一整夜都在竖起干涩的雨滴。

# 有一种眺望是大漠绿色的芳香

## 一

太阳干裂成枯叶的形状，在相邻的地方，栽种古老的谚语，虔诚地苟活着，种子的力量，变现为风雨相加。

飞扬的沙土，从干涸河床的指缝泄露喘息，古老的附着物，朝圣者的颜色，在高原的杯子里咆哮，持久的风尘，活在卑贱的土地上。我在村口伫立凝眉，最小的一个部落中，望着一堆人马远去，笔直的阳光，疯长的芦苇，轰然倒地的白天，在大地中央跪拜，在一片尘埃下，面色憔悴的沙土，正喜悦地寻找一生的绿意，黄土的信仰始终面向东方航行。

在夜色里起身，高叫一声，灿烂的星光下，聆听天语般的灯火，在孤独中爬过一座座城堡，跋涉者与篝火结缘，天空的靶标被颗粒捆绑。

黄土的味道，即为故乡，即为语言。有一半属于阴晴，直接窥视春天的方向，一场带雨的灵魂，逐一完胜天空的颜色，薄如蝉翼的沙暴，煽情的动作，黄土在我的一生中垂落，有一块碑是跪立的寺庙，开始渗透骨髓。

## 二

雪山下直航的小屋，镜头里没有浮尘，铺垫在一块地域的心跳，在喷血的天空沸腾，莫名的骨感，感动白色栅栏。诅咒一座高原，在冰河排兵布阵，封死所有出口，然而行进仍在进行，有一种翘望，拱出大雨的穹庐。以雨水示人，重启大地的标本，果实的温度在一棵大树旁轰然倒下。爬入袖口的叶尔羌河，一位讲述者，在与大地亲近的过程中，承载一路风雨，直至走向水分的梦想，分赠时节的味道。面对黄土，湖泊上长出的脚印，一只鹿在奔跑，啜吸雨雪的声音，想飞的阳光，坚固在雪峰的情感，颇有王者风范。

## 三

崇尚一座高原，黏液质的泥土与雪为伍，拱出长满沙砾的底座，一片白杨树扯起的标语紧随大风之后，成为大漠天平上的一个砝码。

从古至今的颜色，都是跋涉者的腥咸，视觉里咀嚼岩石之上的心跳，竞走中色素最深的语言，纯粹匍匐成大地的一张弓。

摇晃的树木下，轮回的悲喜，点头接纳一切晴好，挂果结成游行的队伍，暗自庆幸还能与绿洲拥抱，苹果朴实的火焰，洞悉大地的歧义，开始祭奠形影不离蔚蓝的力量。一生的力量演示大漠盆地湖泊的构造图，强劲的走势中，带来无数种元素，情不自禁中，一块地域偏爱草原，完整地体现旷野的轮廓，由此产生大地的花期。

# 我与一个热浪中的世界只有一步之遥

## 一

在木质的波纹里晒着愿景，感知空气的味道，白天的河水等待鲜花的回声。已经敲响的手鼓，舞蹈中绿洲随风倒伏，把玫瑰花香留在夏夜，接受天空的默许。坎坷的田野上，麦浪与麦浪的对话，激动不已的果实，始终都在循环往复。

与土地握手，正午的身影急促而热烈，躬身对等的麦垛，升起的篝火上，脸被烘烤得通红。在棉花的丰收的夏日八月，深入内心的风景无法比拟，十有八九都是季节的馈赠。

## 二

看着一块发烫的盆地被煮熟。雨是口琴却在难产中，胎死腹中。躺在怀中的太阳，烙印之下，锁定额敏塔的热浪，看着一块发烫的盆地被煮熟，热是迅速奔跑的一种方言。

两棵缠绕在一起的树，带头践行一块土地的诺言，天空中的琥珀，被迫接近于一种状态，垂涎中出生的杏子桃子，只是害怕葡萄藤的根须断裂在谷底。

铁青色的黎明在汗水中混沌，被风刮白的旧址，封住一切人的嘴巴，坎儿井架设秘密通道。最大的伏笔就在葡萄藤下写就，季节之中的我，并不想向头顶的太阳投降，在高昌古城对接发育的凹地，扩散额际上的毛孔。

我不想有挫败的感觉，想亲手捧起一堆雪，告诉洗得发白的地址，邮寄一枚绿色的太阳。太阳竖立在海平面，延伸的翅膀，包括拥有万物。

## 三

在大风中有一种异样，你的颜色与夏季一致，对雨云的好奇，超过了对死亡的好奇。盆地张开的裂纹，等待着雨水的来临。无痕的雨是一道护身符，始终徘徊于斑马线，在白天出动时，原始的身影从未走形。凭我的任性，同你和雨声对话时，倾听闪亮的热浪中，一座古城的轮廓。

## 四

由青涩变绿转而金黄的乳房，俘获一片热土，与绿洲共舞的动词，驮着太阳在路上，把雪山抱在怀中的感觉，一再叠加盆地的专利。在轻盈的垂落中触底，叫醒一束紫色的焰火，古城的裂纹在公开、缓慢地龟裂，得益于雨声的无痕。

在白天出动的尘土，总在寻找和对接一块盆地的护身符，与谷底中央干燥的云朵，干涸护佑着，盆地中央最著名的作品。在大风中并没有什么异样，被热风扼住脖子，把我打倒在地的热浪，一早便拨动太阳的动词奔跑，却始终无法剪断葡萄藤的根须。褐色的泥土上，等待一片雨云的出现，将阳光转换为雨滴，我与一个热浪中的世界，只有一步之遥。

# 只想遇见中意的大地

## 一

雪泥下的马蹄远遁，语噎的河流，断续射出温度之上的温度，充当大地的信使，一路举着鸡毛信，草原的封皮，羊是被雨水喂大的，果实在行走中，穿越不同的道路，大河的力量被随身携带，在泥土上扯起攀缘的缆绳。雨点加入马群，风的沉重变身为吼叫，不想成为隐痛里的隐痛，惶恐中的完整像左右手。

## 二

最原始的伴侣，远方是低沉的风景，在深夜划动钟摆，倾巢出动的雪，最后一次占领雪山屋脊。河面的镜子，提示雪下着的落寞，像空气和尘土，快乐有时是稀薄的。飓风刮起谷粒，丰盈时我却不在身边，太阳顺着扩张的毛孔，在褐红色的眼眶里升起。每座山都在绽放，四季总在夜色中换肤，雪水中看到的绿洲，祭拜的情感持久中绿意葱茏。

## 三

只字未提雨雾的感觉，吹落泥土的镜头很慢，看日出在很远的地方开放，鸽群的哨音，相互击掌，任性是一种扩张，与我对视目光。

泛滥的只有干燥，阳光漫不经心地爬上葡萄藤，沙海就像空气，深度每天都在持续，只争朝夕的雨，让我充当你的信使，把春天写入扉页，透露渐渐升高的暖意。

从地下撑出的芳香，蓝色的小花，别样的红，一堆沙丘的梦想没有遗址，沿着山坡和有爱情篝火的地方，我们都在路上、灵魂在泥土里。

我掂之又掂，雨后初晴的早晨，一片桃树一群梨树组建的云朵，灰色泥泞的道路，穿越而来，一棵斜长着的枣树，挂住你的衣襟。

# 大漠太阳

在大地采风，由红橘黄变白，以冲锋的力量接受一种光芒，比黑夜更让人愉悦。从远及近的彤云，穿越大漠的脊梁一字排开，大地的脉搏，频率均匀的心跳，不舍昼夜。敞开胸襟，冲破云层的某个角落，任我挑选光明，亢奋、腾飞的羽翼。贴近生长。巨大的苹果落地时，散发目光的山呼海啸，引而不发的弓弩，使我粘贴更大的自由。

穿过矗立的云朵，神话被不断加工润色，藏在面纱之中。只有目光里的篝火仍没有灭减，照耀千年。不停歇的桑皮纸，仍在交替书写，河床上的玉石，和繁盛的花园。

搜寻烽燧，石窟中的雕像，脚下的峭壁，悬挂升降的阳光。被荒漠掩埋的古铜币，探出头来跋涉岁月，仍需露宿风餐。雪山的泪水彻夜迸流，只在夏季卷起千堆雪，一双惊奇的目光环视大地，头顶之上的晴朗和蔚蓝，一望无际的尺幅，从手中抖落时，就是一幅画卷。

谁都可以忘记见过的风景，却不能漠视脚下这块土地，踏上这块土地我就把梦卸下来，尽管有时像石头，难以下咽。生涩的漠风，灌饱了我的肺叶，耗掉我的幻觉，身体的大海也在沸腾，沙浪是魔鬼轻易倾覆我的旗帜。再也没有可退守的地方，灵魂的一切诉求，都源自对绿洲的梦幻，但愿我是对的，绿色只有与天空才能匹配，地下的花朵开始飞翔，只有鸟羽可以承受的速度，我无法拒绝花环，诱惑来自花束编写的词典。

无眠的云朵，我的灵魂灿白，夜晚就是眺望，云海之上，已经无法移开目光，以血性崛起的华冠，脉管里的江河汹涌澎湃，寂静平凡是最多的日子，停留是对逝去的恐惧，寻找雨滴的花香，突升的愿望十分强烈。

雪在头顶的风声，是一道惊雷闪电，与大地的对话被删节。风景给予的不仅仅是，田野时常饱含雨露。太多的未知，旋转的陀螺，已经无法用完美或者正确，表达心境，鹰在我的痛苦里飞翔，已经遍体鳞伤。

从未奢望只要秋天的景象，山岗的胸脯，像反复奏响的神曲。收获一切与岁月有关的东西，痛苦会把一切过程掩埋，生活的元素，显示出所有的风光。

在远遁的大漠之上，还有一棵旭日一直栽种在我的心里，一路奔跑，以泪光向我耳语，牵我到天涯。

# 顷刻到来的大风转化为一场浩大的游走

## 一

大风之上不敢撩开面纱，冲进云雾的兴奋，陌生便永远不会变得亲切，孤零零地告别世界，枝丫上并列的雪花，远远超过雨声的停留，在我的心中酿造花海，沉入骨髓的云朵，烙印你我的全身。握紧风雨的双手，把未知的命运，交给一场撕心裂肺的大雪，坦途上塌陷的空气，有时正对着我的无望。一场风或一场雪的讯息，接受抑或不接受，在昨夜今天的缝隙，我只想撬开明天的大门，太阳煮沸大地上每一片霞光。

## 二

大漠的表盘，时针和分针都指向拂晓，在瞳孔中，自东向西地奔走，被无限制地放大。抓住落叶和飞雪，大风储蓄力量，拔节的自由里，起降的远方，全在季节的眼睛里苏醒。从刀耕火种中到达彼岸，大地的皱褶，升起白色的樯帆，面部表情细微的变化，令我想起自古至今的动作。

## 三

把雨塑造成一口幽深的立井，直立的风，紧盯着日出和日落，天空的蔚蓝加入马群，却从不在草原过夜。

我从你的背后，看到一丝射来的春色，等待从来都不是为自己，不想与阳光擦肩而过，无法揭秘的身世，一直都沉浸漠野之中，纷纷扬扬，无意间被打破沉默。

你我的时光，惯例是飘洒，留下低沉的风景，有一种自由，叫一生情缘，照耀头顶，在泥土里种植太阳，激动不已的果实，穿过河流的飘带，束紧一颗饱胀的相思。

## 四

枯草不生的痕迹，源于对沙漠的恐惧，风暴掀起的时候，四散的云朵无法罩住，戳破天空的力量，等待的不仅仅是一个湖泊。

顷刻到来的雨雪，动辄转化为一场浩大的游走，生出的动感打破水的困惑，允许雨水到达彼岸，很多情况下，造就了收放自如的河床。太阳受领叫醒黎明的任务，在最远的风中，点燃的不只是心灵，一束光芒在深沉里站直，与落雪时的兴奋相似，近在咫尺的清新，照例充满大火。

## 五

大雨的生长，依偎五月，腼腆的热土，湿润一地叹息。落地的星辰刮起尘土，融进大地的时候，云朵尖叫着，小心地储藏起午后的阳光。

何止一座山，被大地架空，尽情暴发的河流穿过胸腔，风暴中的果实，脸颊上的漩涡，与脉动的呼吸无关。

## 六

大雨偏离轨道，浇醒植被下的鼓点，在高原与草原的距离上，总有一群浅色的马匹，驰骋中拉长了草原的宽度。

一片桃花的力度，摩肩接踵，吹开大地的衣襟，淹没在一片电闪雷鸣中。

## 七

一场风的动静，游历的故事，在雨中奔跑，显露的黎明，替代我打败遒劲的水滴。大风突至，负载呼啸，比邻一块陆地，照搬原始的云雨。春天是大地的楔子，召集风暴，巨大的天空，随时做好塌陷的准备，醒来的早晨，令熟知的云朵，击中行走的树干。

# 从今天起，开始住在五月

五月夹在玉龙喀什河和白玉之间，温热的雨和冰冷的雪，动物的本能，花叶的根茎之上。

巨大的天穹下，总有蓝色被挥霍掉，在雾气中，朦胧的一抹夕阳，搁浅孤独中。岩石不说话，所有的城堡，都接近月光的肤色，张开扇形的喇叭。

只有星光相拥，天空的颜色，目光之外的目光，紧贴着面颊。风想留住所有的灯盏，晃动的不仅仅是相聚。月亮被沙漠包裹，每一刻都在冥想，即使一块很难兑现的石块，也要在烙印之下，紧紧抓住放大或缩小的记忆。

夜色是对白昼的释放，专属的月亮，湛蓝是钻石的投射。从投影中醒着的潮湿，听快乐在说话，气息一样扑鼻，证实着最为明显的火光。

大雪一夜之间扩张，亢奋在暴风中进行。河流如铁钉，已经钉进土地，静止只是生命的蛰伏，预示新的崛起。

春天是大地的胜利日，河流的旗帜大片地插向土地，到处一片繁盛，明媚中我的目光应接不暇，战败的大雪偃旗息鼓，回落到沉寂，大雪的宣言被土地接纳，河流带着翅膀，从远处起飞，在近处降落，滑行中水天一色，看到声音，听到目光，密集的雨点开始掌声般掀起，发出金属色的钟声，南疆大地敞开怀抱。

晨光干枯，大河奔走，生长中我的身影投射到大地，隆起一片土地的华盖。一直关注绿色，大面积裸露的，桃红柳绿点缀着青枣，苹果花、梨花是凝固的雨滴，在垂落中显露脸颊。大风在额头缓慢地膨胀，雨点越过青涩与红润的界限，我会快马加鞭奔向土坡上的黎明，下意识地表现出血色的冲动，大地与我的缘分，在迎合庆典。

只是想要的结果，与苹果树如此相约，想要隐藏我的名字如此之难，拥抱的时候，连泥土都带着喝彩。

我想亲手栽种一个季节，风挑选的每一个日子，几乎每天都在生长期，宁愿在树上终结饱满，朝下的自由落体，每一种颜色都在接受挑战，但愿我的身体是一场醒着的旅行。

五月长着翅膀和脚，秉性就是绽放，无非新鲜的空气和自由，失血后的苍白被标示在20摄氏度左右，丰满的高原，植被的本色被放大还原。

在帕米尔石头城，已在酿造一瓶酒，一罐蜜、一座桃园。

从今天起，开始住在五月，接触洁如处女的，树木、天空、绿地、空气，并且开始亲近，用舌头、嘴唇、知觉、嗅觉，味蕾和肢体的语言。

# 以风为王

## 一

告别大雪的场面，走向每一分钟，只想获得的踪迹，在风中被迫放弃一些诺言，制造一场丛林和城郭的猎杀，使受孕的大雪，一直都在难产。

风在头顶铺设栅栏，撕裂一盏灯火，鸽子被巨大的心跳震惊，以太阳主打的颜色，只有泥土令不知去向的黑夜，湮没了手臂，在风的翅膀下整夜呻吟。

从海底上升到地面，大风的动作击败流水，软脚的动物牵着驼铃，一再使云朵的体重增加，点亮一盏灯火的同时，太阳在风中是一种醉态，被囚禁在地上，总在典当纯洁的梦境。

## 二

在我的眸子里与白云建立生硬的关系，介于嘶哑的喉咙与明亮的嗓音之间，穿过旷野的速度，苹果花碎落一地，一座堤岸在脚下垮掉，以大尺度的动作弄伤大地。

风在安排天空的世界，走势环抱了山脉，刮白的树枝，预计大山的轮廓，竞走着咆哮狂野，炽烈和煦。我的意念一再支撑，一座挂满硕果的花园，值得我在收获时，翻腾起小麦的潮湿气味。我的宁静蜷缩在屋角，只想挣掉沉睡的一切，与其被大风埋葬或者吞没，不如在雪中奔跑，放荡不羁，不拘一格，大风时节，去接近无限的世界。

## 三

一轮明月刮起碎石雨，夜色在深沉中，风筝糊住了窗口。百度一下心绪，此时渴望的最大的圆，却远远地没有升起。丢失的宁静，如夜晚寂灭的灯火。没有回报的雨点，仍然落向大地。蔚蓝的高脚杯，隐藏幽怨，白色的波浪，颠覆自己的故事，宽厚的嘴唇是一曲挽歌。

绷紧的月光，可以紧张到天明，下架的曙色，并不代表黎明的退却。被告知的消息，却一定出现在长久的等待中。风雨中的一幕一幕，你我的对话，早已没有了生动，太多和太少，不是分界，时光把一颗心磨洗成，发白的云卷。

## 四

树木的褶皱，有时是一张脸，微笑和悲哀都在行进。急速的云朵，跌落风的暖巢，种子种下时，土地发出声音，蚯蚓在翻地，柔和的铧犁。

布谷鸟叫开一扇门，我躲在角落，泪水长流不醒，多么希望一页天空，没有雾霾，太多的兴奋，爬起来的时候，与我的睫毛粘连在一起。不经意间闪现，一个无法代替的天窗，迫切地需要洞开，一困发烫的火焰中，有一种力量冲出跑道，想要的世界，却一直不被发现，解冻自己的心灵，独立成一种清新，天空的港湾可供栖息。

## 五

幸运是上天的眷顾，朝你跑去，只在乎你的一切，相互间彼此交换目光。用毕生写下一段不完整，一座破损的风景，或是风雨中的黄昏，阳光划过天空，并不妨碍抓住宁静的背景，属于更迭的舞台和念想，我知道已被你深深地揪住。一望无际的苍穹，一到天明就会给我发放启发，随行于风的翅膀，总有一天，会在快乐中获得救赎。

# 在新疆，五月是美到极致的放行

## 一

在整个发亮的白昼，外表粗糙的雨水，充当河水的填充物，走进飘摇的千里之路，顺势浏览雪峰的内心。举起的目光眺望远方，与鼻息均匀的云朵，互相跌落。雨水偏好炫耀，非凡之举，藏于雨幕之下，植入骨髓。

崛起的果实，打着哑语，一直想拥有自己的影子，有一朵云的慰藉，从一而终，把持一座蓝天，开始庞大的云朵。干涸也许就是命运，一把刀子穿过，被世人认可的速度。

在尘土中，奔跑的古堡，拽起黎明下沉的翅膀，从天边燃起的大火，通常只涉及天空的一半，无法找到替代的故事。

河流的肌体，走进每一条沟壑，与高原的关系是一道多选题，把看过的风景及寂寞串联在一起，感动一切的柔情注脚，接近坦途时，河水灿亮的变迁。

## 二

五月是美到极致的缓慢放行，地上的洛神在发声，一种精神的雨滴，点燃火焰，上涨的温度，挑选土壤，草叶上的露珠，鸽子在目光中沉淀烛火，精致的岁月日见增色。

一棵果树、一片桃园，无边无际就像没有断流的河水。

天山、昆仑山，一位男人和硬汉，将河流的金饰戴在脚踝。宽大的河床有时显得贫乏，像干瘪的文字等待夏日里鲜活的雪水。

波浪诡谲的沙海，守身如玉的湖泊，像羊群撒满大山南北，始终摆脱不掉太阳的光芒，往我的眼睛里塞满苍茫；骆驼背上的遐想，错落跌宕绵延不绝。泪水化作雪水，日夜拥抱大地的胸襟。

催促花开，已不是岁月的指令，欢愉在天山之上，有一片灵魂洁白无瑕。呵，我的无法收手的诗句，在吟唱中贯穿坦荡。

## 三

夏日绿风和一座树林，闪动的歌声，仿佛是一个约定，早已忘却的站名，突然变得熟悉。记忆的枝头，并未完全覆盖头顶，敲醒风铃，在心里肯定是省略号，离别能够经得起推敲，才会被珍藏。握手和告别，都在视线之内。

许多状态下，被翻篇的壮年，已记不住来来往往的风景，只知道低谷中的日记，裸露出的喘息，听到快乐在说话，坚硬的选择，步履逆风而行，清高的自信，与安宁无关，粗暴的雪已在我心中被收走，晴朗的样子被诱发，重新聚集起的阳光，竖起的树木的旗帜，浓缩了天空的阴影。

## 四

翻过月份，凸起的峰峦播种大雪，花的寂寞打破惯例，卸下大堆的时光。大雨与大风相伴却是寂静，擦肩而过，与你交换时光，一直都在保存幸运。让眼泪触碰咆哮，一生都在河流里，拥抱的力量，心生温暖的归宿。握紧所有的天空，仍在奔走的神秘，把寂寞锁进天堂，云朵点亮便不会熄灭。

一路走来，明媚的口哨中，泥土上的绿色被唤醒，春光无限，总在用柔软的纸巾，拭去雨水的眼泪，非此即彼，多变的情感吸附冷暖。本能就是开放，开放只是最低的要求，五月开始湿润，气色不分好坏，表情不分你我，四季总不那么分明，却开始浇湿，我的头发和眼帘。

## 五

倾巢出动的雨，淋湿的话题，在啾鸣中，接近宁静，水花不再动荡，透明的露珠，用一阵风扫过原野。在嘴唇运作味蕾，黏稠的咖啡，蓝色的格调，附在杯底，开始属于自己的河流，始终在慌乱中赠言，相拥在一起的自由。

月光蜷伏在琴键上，一排紧挨着的鸟，生涩的弯月，牵动心底的泪光，碎成一地的水和水下的深度，等待长出声音的漩涡。凝固成湖泊，回味才是风景，把我包裹成树的形象，感受便一直都是绿色的，鲜花抵制着满脸的迷茫，忽明忽暗的烛火，选择了凝重的底色。

从不拒绝生活的馈赠，沉睡于大地的专注，起伏跌宕的故事，激动着被传诵的诗句，留置于路口的谜语，朝着梦境走去，名字是雄性的，厚重的分量，因为亲近而接近梦的向导。

# 应季节之邀感受果实的味道

## 一

躲在树荫下寻觅诗句，半闭着眼睛，似在沉醉，垂落的阳光，驮在蚂蚁的背上。举起锄头把我一块叫醒吧，呵，初秋的大地别再犹疑。

应季节之邀感受果实的风声，秋天被我的行走感动，迫不及待地想从落叶中，感受道路的讯息，落叶的毛孔细腻可见。有时我的脆弱像雪花，落入泥土站立不起来，柔软得等同大地的名字，只有家园告诉我真相。

## 二

泥土总是默不作声地，抓住我的每一个诗句，我想潜下心来，像一棵榆树或者桃树，研习所有的表达。风会越走越远，直至压垮云朵，只想秋天扎进心里，随时叫醒我，与我的成长没什么区别，树荫仍然浓密，而不是一条断头路。

## 三

微红的枸杞，黏稠的泥土，蜜蜂嗡嗡叫着，倒伏的绿色，动作极其细致，在垂涎中出生，只有梨树和枣树可供我采摘，被白杨树分割成整齐的田畴，肥沃被一点点切割开来。

黄绿色和银白相间，全部被挖掘出来的颜色。往往代表此时的南疆，与慢下来的节奏有点相似，此时大面积的收成，正被秋雨瞅着。

一直都很幸运的我，在秋日走进田野，呷着头顶的果实，高一声低一声地叫好，在深绿和墨绿之间行驶，道路上的温度开始冷却，撩起尘土的一处院落实至名归，果香飘散，羊群正咀嚼着躺倒的苜蓿。

## 四

来自雪山的惊喜，对谁都不过分，使一条河流掏空心扉，被温差困住的视野，在毛孔里孕育果实，声音里的黎明，最早告别天空，大地的户籍上，显著的展现一部教科书。栽种的苹果树，原本就是一株静物，夏日里留下饱胀的纹路，从未错过与秋天相约。鸟在树上叽叽喳喳，一直等待冬天褪色。发黄的照片落在角落，有如悬挂在墙上丰沛的血脉。

雨水串起的念珠，在天空之上，触摸到的背影，一以贯之地迅跑，在浓重绿荫的皮肤上做巢。几乎同时出发的太阳，悬挂的火焰，堆满了心房，与大地一辈子的较量，小麦的原色一见如故的琥珀，大地盛装的时候，都与田野里的呼吸相关。

## 五

隔着古朴的麦垛，味觉帮我打败四季，揉搓着岁月，遥远的口味，洗劫我的胃口，食物的口感扑入眼帘。随太阳而动的土地，弥漫开来，麦香在风中是唯一的动能，颗粒均匀，掩埋着痛苦，却在精致里拱起一块块石碑。

太阳在前方，仿佛听到一声命令，烙印之下我已经爬上了山头，古老的故事，只有天空才能匹配。通过麦香的脉管，鼓励自己走向一堆篝火，并使出全部的力气，在麦子里挖掘火的力量。

## 六

大雨领导下的草原，草叶在土壤中竞走，茂盛的植被，似乎更像牧人的一生。被一座草原缠住的时候，所有日子都在沸腾，做出一系列亲近的举动，一对一的照应一匹马的身影，对望有时迫不及待。

草原是天山的偏旁，山峰上的装束，让一朵正在下降的云，使夏日泛起深绿，只要有牛羊和毡房，牧人的一生就会安详。牧人的一生磨圆了马鞍，与一批对冲的风，在白云下扮演完美的国王。骑马踏遍这块土地，草原强加给我的觉醒，一片紫色的苜蓿，正面临旷日持久的疯长。

## 七

在绵延的高原，抽动雪山的陀螺，扯起数十面旗帜，不时发出声响，相握飘绵的呼吸。把雨撕碎的时候，铅色并不代表沉重，向河流注射激情，时光的割草机，找到一个充满遐想的借口。

站在小镇进行秋天的故事，与最慢的时光相遇，目光穿过下垂的葡萄，倒伏的绿色，被变暗的草坡俘获。大地缩成一团，在龙卷风下，带血的脚印，落地时怦然心动。

## 八

等待冰消雪化，正午的视线，在桃花的颜色里度过，坚硬的沙砾里，主动出示一朵云的动作，最终开花的却是太阳。

当树木挑选黄土，长出新的肋骨，爬向古老的远方，五月在开阔地放飞风筝，一声成熟的啼叫，以太阳主打的颜色，在头顶张开气味。风的翅膀下，历历在目，金子般的岁月，嗅觉灵敏如大地的骄子，告别天空的一笺尺素。在找寻自由的路上快马加鞭，泥土造就的天空，相互推崇示意。

## 九

五月的腹肌，分解成两部分，扬起渐满的羽翼，明亮与阴郁之间，果实依然知晓，在开门和作揖之间，降低所有的门槛。远方是玫瑰，雪光仍没有熄灭，旋风里翻滚的道路，涌动蔚蓝的意境，风的次数，一遍遍计算，雨水注入杏花的效果。手掌上传来的讯息，诺言开始湿润，一双眺望的眼睛，喉咙里的风，让我闭不上嘴，一起闪烁于脚下，相形之下，高原使雨声变得松软。

# 站在沙起云涌之间

## 一

沙起云涌之间，昼夜制作的呻吟，把亢奋咆哮带入行走，湖泊映入太阳的身影，即使受阻，漠野也会计算我的历程，留意季节的变化，其实我已经走远，在一切倔强之上，站成武士的队伍，不再衍生沉默。

有时溃败的河床，正对着我的野性，网状的飓风里，坦途很难担起泪水，我的呼吸不带腥咸，倒映的树木，短暂地竖起，握紧沉郁的表情，裹进腰际，把未知的命运，交给一路歌唱，芦苇的新骨，大地的肌肤，在低声吟诵中，带着水分充分发酵。

从脚趾开始平躺的念头，栖息于洼地，在初春已经无法入眠——水声四溢击中天空，摇晃战栗的树盖，不经意间的翻唱，令大地提神，然后有风，然后有雨，往后的岁月一览无余，我也被自己惊醒。

大地在风雨中交集的晦暗和光明，与烙入血脉的峰峦长相厮守，坚硬的声带整夜都在咆哮，在混合幽香的醒悟中，嘶喊的雨水，正好留给翻滚，一再涌来的蓝色波浪，造成大地痛经。

## 二

拾起大风的片刻，与经纬度等长的游走方式，用潮湿的力量扳回一场泥土的生长，把丰沃种植在两岸。

在母性的天空，扶正隐形的翅膀，落地的大风中，想努力表现为一匹马，砂砾的脚环，一直系着四蹄。包容所有的昏天暗地，在融雪中神秘苏醒，使高原陷入沸腾。时针分针相当于生命的长度，充盈膨胀的力量。在疾风中行驶，啄落歇斯底里的狂躁，照实记录飘逸的心情，以羽毛般的各种元素，向我挑明一千种作用。

沙枣花是一顶花帽，端坐粗放的天空，大漠中的黎明，占卜潜伏的风向；花鸟伸出舌头，一再落进尘土的时光，简写的风华，值得回味。

## 三

来自雪峰背后，踏入云朵的河床，跪拜近距离的照耀，被旷野磨平棱角，与鸟儿的钟声打成一片，寂静是诗意的回归。

从无语走向高潮，手指擎起太阳，踌躇满志的闯荡，一再清晰的道路，眺望中仍无法还原。向一个隘口开始发起冲击，在摇晃的树木上握紧绷带，眼睛血红的飓风，在一个劲道的漩涡中，牵走时光的云朵。

踮起脚尖的爪印，足够托起失重的花朵，视深邃与旷达为一种意蕴，相逢在一条季节的甬道，使之更合乎笃定的境界。

# 古牧地

## 一

漫过麦垄，往远处看，河流的颜色，在榆树旁，等待一场大风，浅显的春天，把毡房掀开一角，最基本的单元，在鸽哨里，牛羊的符号，噼啪作响。

拾起一地篝火，星星的面貌，将夜色搂入怀中，想象牛羊活动的范围，大于四季圈出的轮廓，填充一块牧场的色块。云朵的部落，交替呼唤紫色的苜蓿。巨大的磨盘，坐落于河流之上，视春天为轴心，回应一束花，从开始到茂盛的漫长历程。

以一种正午的位置，求证天空的雨水，漫过空旷的手势，前方不断变换旗语。更加倾心于一片，橘色的黎明，接近于牧地的人，一直都在寻找，乡村的淳朴和仍在行走的牛羊。

## 二

千呼万呼中，接近芬芳的花期，躲在深沉里的桅杆，寻找持久的动力。牵动时光的箭镞，合影时沙尘暴漫过脚踝，太阳真切地起降，迎接雨水的葱茏，天空中的名字，是沉默不语的云朵，流放的光亮，更像一颗颗玛瑙，以日出为前提，在剥开内心的落叶时，火红的心脏，从未停止跳动。

星空沉淀的秘密，肤色被释放，积雪的密语，在峡谷中落满睫毛，安宁只是外衣，宁静才是至爱。盘桓大地的一棵老榆树，沐浴在风里，毛边纸似的皮肤，经受撕碎和挫折，倔强的身影，成为隐痛里目光之外的地方。

古牧地俨然是一朵开放的图案，被调和成杏花的装束。

# 第二辑 大地的春天

# 新疆的四季

## 一

倾巢出动的雨，占领雪山屋脊。河流的脊背，土地被绿色掠夺。沙尘暴是空军，检阅大地，石头变换语言，多变的姿势，在飓风中不受约束。

远方是雕像，草原的封皮上，牛羊被雨水喂大。

大雪中的情景，都是生动的倒叙，太阳一直缄默，早晨和夜晚，最为明显的火光，一明一灭。

四季就像一束插花。在日月的圆瓶里留下痕迹。除了黑暗，看到的全是阳光。真实的语言，能够还原单纯，许多已经回不去的东西，模糊在了脸上，直逼心底的蔚蓝。

## 二

在天空，鸟羽轻快地划破天空，鸽哨在天空上演音乐会。天空把幻想交给了风，向日葵把梦交给了天空。

你的肩头覆盖着稠密的日子，那叫幻想的常春藤，只能在梦里伸向天空。我再也不敢相信那个叫幻觉的东西，阳光的乳液扩张了我们生命的年龄，它无时无刻不在包围着你，吞噬你的生命和青春。

在你的头顶，闪亮的太阳的金锤，敲击着天空的铜鼓，生命的回音壁砰然响起三十的钟声，钟声扩展着生命的年轮。

你的生命充盈着正午的气氛，多芒而热烈；你想启动思想的钻头，钻透荒原的含义。

你渴望着风，张开的巨大的翅膀孵出无法出世的幻想，仿佛乘降落伞而来。

而人最无能为力的恐怕是一种幻想的折磨，一种软性的折磨。

## 三

风沙里佝偻的身影，粗糙的双手结满厚茧，越来越多的欠缺，已默默化作一缕宁静，不屈的汗水仍在流淌，只喜欢宽阔，在云天激起的波浪，历久弥新的回忆，仍留下鹰的声音抑或是马的声音，淳朴的记忆在眼睛里浑浊，在夜里本该亲近梦想的星光，已无法打开一轮明月。

## 四

耳旁炸响的雪水，在喉咙打住，握手雪菊，爬起来倾听雨的合诵，沉沦的不只夕阳，还有雪山。一只鹰在头顶盘旋，嘶喊像一把铁青色的刀锋，咆哮的时候，灵魂像被击打，呼哨像一条顽强的支流。

## 五

你造就了四季，想象一片灿烂，大地是雨的遗嘱的接受地。隆冬时节，再也没有冰封的时刻，由低到高，由含混到清晰，暖流之中，刷新以往的旧梦。阳光才是终极目标，照耀记忆，把我也插进田野，在黎明时分浇水。所有不得不顾及的感受，欢欣、快乐、简单，都指向一个顿悟，你却因这一刻，溅满灰尘。

生怕迷路的月亮，悄悄在夜晚向你吻别，相对于时间古老的泪水，在睫毛的月光下，一动不动地，凝固成胡杨。

# 大地远行

## 一

一场风与雪的耳语，突然汹涌如大海，琥珀色的天空，一轮太阳。

大漠苍白的肤色，把天空的狂野撕开，与咆哮接力，握住风沙，雨水在降落时，无奈地改变形状。

大雪无须加冕，预谋中的动作，便是一种雄性的力量，动静之后的动静，不分昼夜，漫卷紧随其后。

## 二

风与天空的深吻，被拖下河床，潜伏的砂砾逃向荒原，野性的强大，足以碾碎天空。目光在穿越太阳时，一再被搁浅白色的栅栏，无法起飞的记忆，在树枝上寻求栖息。

大地在远行，银色是宽阔的诠释，用最大的力量，把道路竖立起来，不言而喻，最终的坚定便是一种归属。

## 三

风从大地的缝隙，栽植一片鸟语，想使劲放大声音数倍，适应陌生的熟悉，花鸟虫鱼的习性，生长与速度成正比。

给每一条河床命名，河流在充分发育，沿大漠丘陵，并行于大雁的翅膀，微风捆绑匍匐的云朵，不断闪烁的冰峰，没有理由反对绽放。

在宁静中自持，金黄的胡杨，收复陷落的峡谷，凸起的石头，触碰雨中的花萼，仿佛印证了一种魔咒，地图是一副大地的缩影，石纹的沉默被我一点点剔除。

## 四

在日光的呼啸中，新颖的大地，一直升起在我的肩膀，为大山点亮灯火，大雨中摇晃的花开花落，揪住泪水的晕轮。

太阳把神秘放入天空，与时俱进发动一场风暴，巨浪泛滥的河流，测量土地的脉动，陶醉于开始抖落的鸟鸣。

## 五

拥抱一路远行，目光紧盯着日出和日落，俯冲而去的明天，浇在我的头顶，苦难犹如大火，照耀不屈奔跑的力量。

落在窗口的鸟雀，摁响河流的扩音器，充满发芽的声音是山峰的诉求。

落日偏西时，有一间黑色的房子，交错着天空与大地的沉闷，相互的等待里，仅仅是因为相聚，却不属于同一片云朵。

## 六

早春的气息，一条生动的河流，种子种下时，土地发出声音。树木的褶皱，有时是一张脸，躲在角落，枝丫被轻轻敲醒，与我的睫毛一起舒展。

默诵中的河流，开始属于自己，古铜色的风帆，翅膀已经醒来，延伸至整个季节。开花是简单的过程，却在重塑欢乐，总会把最后一抹阳光，呈现给跳动。

时光最终会，凝固为一块石块，被月光放逐，就像雨被抛弃，指望有一片阳光，懂得天空的深沉。

## 七

把不相识的时间，集合在一起，推动车轮，还原天空，雪在树上地下，戳穿我的一切梦想。褪色的时光，用不着伪装，生命的绿荫绝不覆盖，空洞的宣言。脚底滚动黄沙，流水的山峦，逶迤远去的花朵，太阳绽放在花房，早晨是被吹落的星辰，我却有着一种树的忧虑。

## 八

我一直记住，抓住每一次的开犁，就像握紧桨。风景是旷野的语言，覆盖山水中的田畴。雨季被恐吓，整夜都在堆积泪水，烛光的影子，被我清晰地记着。无法接近你的伤口，把分手的日子，一再往后推，栽种生活，分手有时像种子，一再被耽误。

## 九

谁在生起篝火，并不重要，岁月无法倒退。制造一种月光，思念的创面在陷落。太阳升起时，鸟的翅膀张开半圆，掌心与脚趾之间的距离，风雨在浸泡中增加高度，雨在心里是瀑布，强烈的水深，把道路驮起。

## 十

一页天空，仍在沉静地释放哑语。默然的灯光，一直都在猜测人生，最大的喜悦来自独自分享，接纳月光的水滴，一堆篝火让白云燃烧，任意开放的花朵就是生命，风化开起皱的水面，丛林之上，唯一的动静来自一潭积水。与风向在一起，站成一个坐标，很想确定所有的日子。

## 十一

天空的含义，鼓动一个生锈的梦境。请给时间以权力，说服我时，就表明一种接纳，从跌宕起伏的篇章和段落中，体味自己的力量。大地仍然接受幡然醒悟。从不厌倦花开花落的足印，宁静被抛弃，岁月一再下沉，嘴唇抿紧的时候，深沉会变得越来越重。

有一种心情叫脆弱，揉碎的春天，花瓣一样凋落，连同我的胴体，都碎成一地。今夜不想变身为影子，无眠的云朵，躲在厚重的面罩下，自始至终都相信雪水不会失真。

# 感谢秋天

## 一

一直抑制不住地每天都在谈论收获，所有的日子都和果实有关。走在路上，路两旁到处摆满了水果，水果叮嘱着路人，也许这是最后一茬果实。

我是一束麦子，至今都还不明白，动感十足的生命，只是今日一步都没有离开，不该有太多的附着物。只有看不到的痛苦，总在制造源源不断的流泉，总有一种感觉在低沉厚重之中，总有一种心情叫灿烂。

握紧一条河流一直到窒息，除非我疯长的语言死寂，直到有一天我说出离愁别绪，直至有一天我会把梦境捅破。收获一茬茬金浪在汗水里变咸。开始恐惧这丰收来得太突然、太浩荡，还没有准备好接受一切与丰收有关的讯息，至少我还没有做好迎接这么多果实的举动。但我很幸运，在绿荫下写诗，诗句就像饱满欲坠的葡萄，在春天里播撒的诗句全部得到了收获。生活中除了得到果实外，我还拥有了心情，我的心情一点点丰满，从未干瘪。

这时，眼睛是清澈的，会一动不动地盯着天空，看到天空没有一块云朵，所有的鸟都在天上整齐地歌唱；这时，目光是有神的，会一动不动地看着土地，田野里从早到晚都晃动着人影，把田野里的东西往地窖里储藏，朝网上发着传真和鲜美的图片，他们要把整个秋天都出售。

这时的秋天是有价值的，秋天里所有的东西都可以估价和叫卖，当然不仅仅限于土地中出产的。这时的秋天站在高处，目视一切，约束着我们的活动，把我们圈定在果实里，除收获之外不允许我们有任何活动，除了祈祷和庆典丰收的活动。

## 二

秋天的外表虽然开始泛黄，内心却像棉桃丰富、绵软、红润。所有的人都争着与秋天握手致意、与秋天照相，在和暖的太阳下久久地唠嗑，谁也不主动提出话别，这样的日子会一直持续到飘雪的时候。

秋天与登高和节日有关，适宜爬山、散步、唱歌和旅游。相约着出去走走，大地还是温热的。有风的情况下，绿色的波浪在山坡俯冲着，摇晃着成千上万束绿草的旗帜，远在天边的山峦被摇撼。

呷一口红酒，咀嚼落日，长廊外绿草开始泛黄，草地上有花狗溜达，花猫窜上窜下，追逐着蝴蝶；抿一杯名茶，晾晒心情，书香味很浓的茶室，音乐里流畅的萨克斯，像雨声滚动在墙壁的河流上。不满足于做秋天的观众或听众，除了观看如画的风景、听虫鸟啾鸣，我还能做些什么？

主动向秋天发微信，加他为友，我同秋风一起行进，与秋日感同身受，分享秋天的喜怒哀乐。

贴近秋天的胸怀，渴望与秋天附身一体，我想加入忙着秋收的人们的队伍，让丰收大面积地在我身上展开吧，让囤仓高高地隆起，把骆驼放逐到水草之外，只留下牛马驮着毡房朝深秋走去。此时，我的目的显而易见。

## 三

大地在灰黄色中延伸，在我一直都看不见的地方伫立着冬天，阳光冰冷地垂下帐幕。

树木是秋天的晴雨表，从湖泊的眼睛中，我看到了退却的绿色和金黄，青葱的季节被迫凋谢和残落，生命的收获从高峰跌落。

生命给我的启示，不仅仅在秋天，秋天只是一个外在的形式。不要这种外在的表现，我要听从内心的感觉。秋天是一本丰富的词典，我要在词典里翻阅深沉、深厚、生动。

走过秋天，对生命的感悟却不一样，只有播种而没有预期的收获，冲动让我自不量力地向世界宣战。孤独地完成心灵的成熟，心灵像庄稼似的茂盛和生长。

秋天养成了我的习惯，向往成熟的习惯，却没有人帮助我迅速成长。始终有一个挥之不去的梦想，曾经的稔熟被一点点割裂，我没有了梦的权利，梦曾经是我的向导。

内心隐藏着不可名状的激动。我害怕秋天流走，但我更怕秋天的果实一粒不剩，干瘪的种子被埋进泥土，我害怕来年我没有任何收获。多么不愿意离开秋天，又是多么不情愿地输给冬天，冬天的雪原掩盖了我的脚印，又被呼啸的狂风完整地破坏。冬天是守旧的，它封杀了所有的生机，而只养育了雪花。

季节是有轮回的，今天的撤退是为了明天的占领，我已经感到了占领的快感。相信生命是有归期的，我会欢快地鼓掌，迎接生命的再一次回归。

## 四

秋天在庭院里到处摇曳着累累果实，从夏天之后的九十多天里。始终不愿离去，总想在外面与泥土、树木、花草促膝谈心，甚至整夜都这样。即使没有风，第二天早晨的树枝上也会结出薄薄的白霜，一片片落叶拍打着泥土、天空，继而又飘起树叶的旋风。

相对于春风的暖、夏日的热、冬天的寒，有一股凉意穿透衣衫，直逼皮肤，我想给秋天添加衣服，却不知道送些什么。想在秋天里寄存点什么，心情、感慨、念想，又诸如经历、诗歌、礼物，我也好在明年收到点什么。

虽然紧随其后的必定是一个漫长的冬天，虽然已经知道不能把握秋天，但我想趁此机会猛拍秋天的景色，把秋天惠存在记忆的整个版面上，就这样一直下去……

我想把秋天关在庭院门里。

## 五

从慵懒之中爬起，感觉却没有立即起床，只在耽思。金黄色的树木从窗口一直插入我的眼帘，一览无余，把微凉渗入我的肌肤，同时把我的心情调试到最佳。秋天在每个人的眼里都不一样，让人无法判断秋天真正的心绪。躲在秋阳下读书，天空湛蓝，鸟雀蹦跃，天空被鸽群喂养着，悠亮的鸽哨拍打着云朵。

猜想秋天能否看见翻书的情景，我翻书的动作很轻、很慢、很细腻，想记住书中每页的内容，特别是佳篇之中的佳段，佳段之中的佳句，并轻轻朗咏。在书中浏览初秋、中秋到深秋的篇章，每层秋天的颜色，因看书人的心情使然。

此时，怕惊动秋天的梦境，但还是惊动了落叶，它们飒飒地飘起、落下。秋天的大气、宽阔、底蕴深厚，总是揪着我的情绪，或总是在我最柔软的地方着墨。多少文人墨客挥洒华丽的篇章把大地和树木渲染成悲秋，以字词的刀剑敲击我的目光，用风声落花的凄惨模糊我的世界。反之，我却认为秋天的语言是墨绿而金黄的，金黄是秋天的书签。

在秋天的田野里庄稼已经接穗，就像我的读后感，一直惠存在我的脑海里。

我把金黄叠成稿纸，一点点涂鸦……

# 有一种神奇的语言叫读懂山和水

## 一

一场拉锯战，把风打造成一柄刀剑，震落的雪暴，倾泻千顷云片。密集的雨水，没完没了的争执，丰富的表情，膨胀成密集的风暴。一条道路尾翼闪亮的动作，自始至终都是白色的，总在远方吐纳原始的阶梯。

风把天空围成密不透风的围栏，致使旋转的水滴夭折，烙印大地的河流，彻底迸涌之前，一块燃烧的炭火，掀起天空的头饰。升锚起航的天空，在水中行驶的太阳格外明亮，闪电般的岁月，春天蜷缩成一枝玫瑰，覆盖一个世纪的睡眠，开裂的云朵，至今都是一串铃铛。

## 二

大漠的翅膀，卷走风中的太阳，在孤寂中没落，一道秘而不宣的谶语，最大的无奈，是削剃绿洲的发际线。

雪峰形如座钟，水声四溢的天空，飓风的手语打破沉寂，已有的风景在大火中丧生，取向却很圆满。握住河流的双手，额际逐渐褪支的雪痕，细小的雨滴长出羽毛，奔走是带泪的，河流漫过头顶膨胀成巨鸟。

时光的暖巢，留下一席之地，捧出纯净的水滴，被放大成晕轮，恰如其分滴灌陌生的根茎，土壤是一块巨大的胚胎，揪住与春天相关的所有事物。一再挥手的沙暴，总有一种犀利让大地知难而退，遗言中的花朵，打碎时光的喧响，均速的沙漏，来来回回的拉锯战中，演示穿越明天。

## 三

风雨裁剪的大地，一再延长春天的扩张，灿烂的柔弱，总是这样，暂时典当给了雨水的丰沛，逐步丰腴和茁壮。飞雪中的雨水，贴着遥远的面颊，寂寞被冷冻，就像星光，传说泪水是最生动的温暖。只有阳光与尘土，蝴蝶一样翩飞，注定一望无际的稔熟，划过雪山的脚趾，挑选献给晴朗的丛林。接住天空的誓言，时针看好头顶之上的果实，湛蓝和透彻，遭遇雨水的拥抱，包括心灵接近一场跋涉，有一种神的语言叫读懂山和水。

## 四

大地与江河湖水，是一种纯正的关系，直立或者侧卧，都在与柔软和坚硬的较量中明朗。与土地接近，就是与胸怀接近，土地与胸怀相互渗透，俯下身子沿大风划出的弧形，与季节的亲密是公开的拥抱。泥土上的栽种，相当于把胸襟敞开，无法拾完颤动中所有的分解动作，从大地上长出桃树杏树，立在那里远远眺望，抚摸一切动静，契合了大地的甜吻。

## 五

大地的走势，把天山一分为二，把雨滴当作披风，有意暴走中，撬动飘散于各个角落的衣襟，雪水详解每一块草叶的经络。在一片开阔地上，犹如蚂蚁叙述脊背上的负重，两条胳膊抡起的大地，造访时光的节点。

# 塔里木，一部传奇而神秘的小说

远古就开始制作的版面上，蘸着盐碱的墨渍，浊黄的风，撰写荒凉的引子，芨芨草颤动褴褛的插图，串起一部边角破损的书，还没有人敢问津，便被胆怯的历史打入冷宫。

谁也不能想象，这部增添着版图的褐黄，辗转了几个世纪，最后给它订上，绿色内容出版的，竟是一群背枪的庄稼汉，像辐射波一样，热辣辣的目光，灼烧着无边的褐黄，一股男子汉要征服的欲望，和地窝子里的冲动一下子成了创作小说的契机。

他们选择绿色的主题，使唤不安分的土地，播种金黄、银白，红苹果的幻想，孕育作品成熟。一群弓起的脊梁上，太阳如草帽遮盖着，沉甸甸的圆形禾场，悠扬牧歌旋律牵引的牛羊，葡萄园林珠光闪动的鸟雀，都被选进封面，并装帧上瓦蓝的晴空。

真正的小说，都不可能有结尾。

聚集一场大风，涨潮的天空，太阳与雪山互为犄角，把地平线存入目录。大地承载云朵，接受雪水的同时，开始种植花朵的信念。风把翅膀折成扇面，把远方背在背上，点燃地上的群星，山是大地的鹿角，河流以大地的名义变蓝。大地颁发的执照，除非雨天，都是清晰的，把河流引向开阔地，令一个人的胸怀与大地的格言签约，被用来纪念情怀和血脉。

我的名字被缓慢地唤醒，不被大地战胜就能顶天立地。

起伏的山峦输送着消融的雪水，奔涌而下暴涨的目的只有一个，完整地推送河床的速度。

天空是大地的故里，始终无法泯灭的温度，在冷却和沸腾之间，总是把我推向风口浪尖，骑手般的大雪，在大地上留下一片张望。

坚持奔跑的愿望，河流的速度与我并驾齐驱，让我一次性地走遍大地的织网，与大地的亲近就是与心灵亲近，俯下身子的互动中，与浮现的每一条道路握手，穿过明天的秘密。

用一片田野栽种和品尝大地的滋味，我与大地混为一体，踮起脚尖向四周张望，岁月是一副安神剂。

大地的牙齿啃食一切庄稼时，我是大地的旁听生。而我继续向西寻找，近距离地端详一棵苹果树，以一位工匠的身份，切开褐红的血液，果园的甜唇，嗅到的是泥土的味道。

沙漠揉皱的稿纸，肤色黝黑的主人公，把热烘烘的畅想，抛向风沙舒展的地平线，向狂野抒写爽朗，耐人寻味的故事，与原始土地的气息，勾画着小说新的轮廓。

呵，塔里木，一部传奇而神秘的小说，一部粗犷而新颖的小说，我岂能只醉心于阅读……

# 从泥土上长出火焰

## 一

雪水的咆哮，被风一点点蚕食，造势的阳光无一例外地，从脚底升起一片蓝色。风吹开大雪的眼睛，拨动河流的时针，空中的声音，接近于鸟语的轨迹。太阳是身份证，真实的籍贯在高原埋下注释，母性的山风，爬满城堡归拢乌云。

雪水的贞洁，总有一种密不透风的感觉，在落地的时候，总有深沉照应河流的背影。

## 二

一场雨悄无声息被接受，均匀的力度，落地的喧响，风中的多选项，吹过而落下的印记，渐多的风雨铺就浅绿。举过头顶的晴天，挥动无法收尾的手势，落满银色的河流，擦识高原的旋风，四季轮回中，最好的识别方式，就是春天的头饰。

从来都是一段一段的展示，包裹不住的嫁妆，其实就是自己编织的风景，听水声由缓变急，道路在泥泞中变得柔软，清新的质感无人代替。

## 三

春天沉湎于飞翔，羽毛般的雨声，无法辨别从哪个驿站出发。在四月点燃，从泥土上长出的火焰，溅落一地游走的烟火，与水的世界重合在一起。雨点的核桃，形态各异的雕像，被风一点点砸碎。在哑语中，能够等待的寂静，是一种猜测，点燃的火焰只能燃烧。

## 四

高原竖直脖颈，完整地推送雪水的速度，从头至尾打量，黑色旋风带来各种元素。太阳与雪山互为犄角，被寂静抱大的雪域，横躺于故里。

## 五

大漠平沙，驼队马队混合的集体，从大地的襁褓中，拽出一轮太阳，雨雪照例喜怒无常。绿色中纷纷起飞的小鸟，摇晃的树木，苹果朴实的火焰。

## 六

把地平线存入目录，有一种视觉嗅到天空的味道，大地的牙齿，啃食一切庄稼。双目对视中，苍黄的月亮，被风刮飞，一路种植的泥尘，不时地敲打耳畔。

在我的手掌，河流轰鸣的声音，升到咆哮的程度，与每一条坦途握手，贴近正午，在穿透中迅速占据花海的版面。

# 在那并不遥远的地方

## 一

在那遥远的地方，一部苍凉的词典，沙漠更像年久失修的辞书，太阳被迫逃向荒原。太阳把最晚的落日给了帕米尔高原，血一般的余晖跳动着红色的云雾，极目远眺仿佛置身于一种超然之中。

沙漠割伤大地的面庞，只有一望无际的灰白的没有断档的画面，盐碱地上白色干枯的月光，仿佛在窖藏冬天，难以捉摸的沙海，一直掩埋我的脚步。

雪山、湖泊、沙漠、胡杨林，用翻飞的手势和肢体语言，向我传递一种辽远、壮阔和奇峻，把我一下子拉近千年古道。跋涉者蝼蚁般自东而西、自西而东，一次次绷紧生命的琴弦，让一条丝绸之路始终伴随着狩猎、稼穑和褐色神秘的西陲之地 —— 大美新疆！

站成树的形态，就已开始清醒。胡杨树根须深植于沙表以下几十米，汲取水分和养料，用一种智慧顽强地呈现出生命力。站立不倒，枯立不朽，与生长的红柳、芨芨草，同样有着屹立的风骨，与大漠边缘上生存的人们极为相似。泪水、雪水浸泡日月的地方，汗水、血水浇灌的绿洲，篝火交映着的深沉的梦境。几代人生生死死都在这儿孕育希望，已不仅仅是栖息地，而当成了一个精神的家园。

我是闻着沙枣花香被风拉扯大的，与风沙有着千丝万缕的关系，是与风沙结拜的壮年汉子。独立行走于这个世界，男儿冲天的豪气，铺天盖地的形象，每每都令我作出许多激动不已的事情。尽管相貌粗陋、皮肤黧黑，其实我更像一位忙碌的农人，不问收获只管播种，从不给自己设限，也从不给土地设限。

每天徜徉丛林荆棘，点燃马灯，披星戴月，开荒造田，猎获野兽，拒绝荒芜，是从未停止的动作。我不只满足脚下只是一片牛羊满地的草原，与绿洲的邂逅并不是我的单相思。我试着用绿色装扮我的家园。有水的地方就会唤醒绿洲的名字。熟透的果实，穿越一棵棵树木，在树影中起伏；棉花地里长满希望，葡萄树下垂下月亮，麦和番茄红延伸了村庄。而只有绿色，最应该成为沙漠的胎记。

今天的我更像一棵胡杨，不屈不挠。虽不能说辉煌，但也绝不平淡。在一条正确的道路任性地扩张，并不断修正我的方向。我学会了感恩，感谢辽远的地方让我更懂得向往美好、真善和良知，成为春夏秋冬的必须和生活的必需。无悔是因为热爱，无怨是因为理性。追梦的道路总会让人眩晕，但好过碌碌无为。

只有走进沙漠，才能懂得坚持的意义，才会铭记被岁月垂青的奉献的人们。

## 二

遥远只是一个地理概念，而不是心灵的距离。远方从不言语，只在风起时，便会闪动。在遥远的地方，才有资格想千里之外的事。我在泥土里种植绿色和雪花，把一处风景暖在心里，风雨兼程，只为缩短世界与我的距离。只要我的心在跋涉，世界就不再遥远，只要我的心与世界接轨，就没有遥远的地方。

雪水中的幻想，如雪莲绽放，雨水浇灌天空，绿洲是冬天里的春天。

寒冷中早已充满温暖，再也无法走失的家园，果实植入土壤的根茎，树木窖藏很深的温度，生命走向田野的时候，打算收获，栽种也就开始。倾泻在夜间的雨，一分钟都没有耽搁，我的名字出现在星空，包括醒着的喉咙，不时发出声响，喊声冲撞黧黑的夜晚，强大到能够辐射整个世界……

在那并不遥远的地方，属于诗意的土地，所有的喜悦都奔向一个主题。

## 三

挨着沙漠，依偎河流，太阳像木筏，漂浮在岁月之上，大地浩荡，向我传递着一幅惊世景象——雪山、大漠、黄土、沙砾、湖泊，雪水中一直绵延到草色尽头的白色毡房。

山脚下，绿洲像地毯被一片片展开，种植、孕育、发芽。一次次拾起跌落的太阳，拒绝荒芜，遥远永远是生命里的内容，生生死死都挂念着的遥远地方，已埋在心里和在我的手脚上生长。

不敢想象一直待在遥远的地方会是什么样？但我坚信还有比红柳更持久的生命，那就是我的期望，挽留果实、亢奋、坚持，从不懈怠、绿色早已扎根于我的心房。

身如胡杨，原本坚韧，书卷气早被风沙侵蚀，沙漠中的幻想如雪莲绽放，只要我的心在跋涉，世界就不再遥远，只要我的心与世界接近，就没有遥远的地方。生命之外的生命，沙漠之外的沙漠，遥远只是山与大地的间隔，并不代表着目光的距离，置身遥远的地方，才能看到只在遥远的风光，才能体会只在遥远的情愫。

# 绿　洲

## 一

大漠之内之外将桃花举过头顶，灿然已现的春分，逐一打量田畴上与天与地咬舌的吻合，在我的额头画出弧形。

河流习惯穿行于鸟羽之下，涌来的千万片云朵，响成一片。站在花海面前，再也无法后退，旺盛的泥土，贴近我的面颊，头顶花香，后有雪水，只身前往的季节，腋下流淌的河水，装载桃花杏花梨花的逗点，在一张素笺上。

挑选盛开的花朵，如同接受一群挚友，充实一直从羊肠小道通向山峰。东南风吹起时，很亮的阳光下，手不释卷，接住每一片气味，连同落进时光的尘土。

## 二

沙海汹涌无休无止，从头到脚晃动日落，屡屡遭袭的云朵，在干枯中浇灭心情，填满裸露的土层。穿透雪山的岁月，始终恐慌寂静，风中展现淬火的经历，从没有动摇的苍白泪水，忍受厮打和烧荒的火。便于咀嚼的阳光，汗水里的腥咸，在校正发红的坐标。

啜吸河水的声音，远方闪烁的月光，黄土即为故乡，一直栽种心里。凛冽的大雪中，等待黎明上升的翅膀，在滚滚沙土上，放大一轮金黄的米色。

# 专属我的远方大约在夏季

## 一

在大雨中行走，把高原推到脚下，反复拉锯中，所有的风景都与天山配对，手指的花朵在倾听，始终舞动的河流，与苹果树在水平距离上互设驿站，一切生硬的苦涩，直接进入目光里的桃红柳绿。

诺言倾泻而下，天空的每一个层面，抽穗发芽的时候，时针是欢快的，就这样无始无终，河流会把村庄还回田野，排队的云朵，阳光在南疆是无私的，毫不吝啬地扫射大地，是所有人的怀抱。

## 二

雨水占领雪山，河流坐在石头上，流动着冥顽不化的雕像，向南堆积的驼铃，快乐在流动，在早晨轻轻唤醒，鸽群的哨音，响指相互击掌。专属我的远方，大约在夏季，最好的时光，被熟悉的语境拥抱。

从来就没有过恐惧，一直把今天当成面包，从父辈手中接过一半太阳，身后的儿子已经站立起来，被乐观地设定为明天……

## 三

荒原井喷的雪花，崎岖的云朵，迅速散开队形，匍匐中流浪银色的血液。居于雪峰的榜首，昼夜撞响天穹的分子，再生的雨水，喜极而泣。

行走的注脚只为通向春天的栈道，匹配从容放飞。在偏僻处，石头的纹路，有一半深入峡谷，桃花朵朵，深入内心的舌温，依山而栖。

## 四

风摆脱沉重，泥土兴起的钟摆，一对一冲击着颤动的天空，在巅峰形成一片欢呼。

春天走近短暂的微笑，爬上所有山峦，为山峰端正雪冠。隐藏的草原，张开弓形的名字，像一位懵懂的孩子，渴望拉直满弓。

点灯时分，太阳已不再优秀，时光对折的翅膀，身如飞箭，很响亮的声音，连同我的胴体，在胸腔内植入雨的思绪，播下路的远近。早熟的田畴，无法置身旁白。树木有不说话的自由。浅色的凹地。播下的谷物，尽管沉默。

种子在泥土里，一次一次摇醒月亮，适应褐色的时节，并肩驶出神奇的疆域。

# 以春天命名一块高地

## 一

风在一夜之间为大路解开纽扣，落于雪下的泥土，无一例外地会流干眼泪。首先从鼻腔发端，把一场寂静挤出水分，雨是冬天的终结者，冲向面颊的太阳，泥土上的卵巢，被风栽种的那一刻，一只玉坠突然驾临耳畔，一场雨造成的概念，是疾驶的样子。阳光明媚，天气晴朗，给一百条田畴，植入雨中的主角。截取天堂的雨，色诱春天，脾性暴躁的高地，有一种身份，从脚下开始波及泪水。

黎明中的冬日里，高地的皮肤上，悄然崛起的果实，摇醒一片开阔地。

## 二

高原的雨，打造一种契机。爬上一块岩石，掐指算来，对一个季节的向往，汹涌于胸中的桃花灼灼可见。在整条峡谷里，用一束花朵擂响大雨。风松弛着扩散的涟漪，与之亲密无间的样子，包括我的鼻息。从未落地的太阳。浅埋着对时光的理解。走向大漠的风打败泥土，也想打败我要的日子，我却浑然不知，仍把自己粉碎在一片花香里。

## 三

与沙洲相依，时光落进涌动之上，潮湿或晴朗，鲜亮或晦暗，有一层黄土终究会成为掩体，雪山搭建的石屋，传向天边，从欢愉中醒来，一幅水的地图，早在酝酿。

总要找一个角落，阳光的金属色，洒满河流，这金色顺水移动，风把一股暖流攥在手里，相距并不重要，放大缩小，草色如洗，神奇无法转嫁，只能和幻想，引起雪峰的关注。

春天依附眼前，被我吸引到血液里，柔软的坚持中，每天都在响起，太阳的红痣，从不拒绝土地的馈赠，抖动雨的诺言，洒落的熟杏，一望无际的稔熟。

## 四

在初现的鹅毛纷飞之前，选择风雨兼程，只想缩短与风和日丽的距离。

当冰河奔涌成水的时候，河床间的脚印，见证凛冽的狂沙，攀缘一座座高峰，湛蓝的天空下，自在地伸展身躯，厚重的土地，被一片片嫩叶夯实。

## 五

黑夜脊背上的灯光，提醒着我的脚步，从一个村庄到一座毡房。穿越草原，一次次地吟诵草原木屋和牛群，在远处燃起一堆篝火，遥相对视，以春天为中心。

只想握着你的手，在生动里成为邻居，将祝福种植在遇到的每一个人心里，为你留下一块净土，一直都是我的信念。

我却不想只是一个影子，被禁锢在你醒着的晴朗之中，想与你互换位置，深深地跋涉于大雪之中，接近一种暴风雨却毫无畏惧。

## 六

在早晨还未醒来的时候，等待一丝阳光，领会由前方而来的风，一个人蚕食黎明前的夜色，只有在孤独中，才最真切地向往翅膀。

站立或者卧倒，岩石的属相，千年不语，被一场大雪拖向不朽，凝固的泪水，就像无法终止的魔咒。献给大地的一种方言，就是雪与土地的再次耳语，天空清澈如水，无法宁静面对，空气的蝴蝶由远而近，目光却无法覆盖倾诉。所有的出路，都在磕碰中开启，一道风景就像，等待受孕的土地，比画着时针。

## 七

水在塑造一种榜样，通过一个上升的高度，大雨有一种自由，照例在白昼里唱起情歌，用篝火点亮扑面而来的春天。

雪峰在河流之上，手掌上传来的讯息，恰好是一种注释，被狂风鼓动的起航时刻，以白昼的形式滑下高原。一场行走的风，吹尽头顶的大雪，奔跑的春雨，绵软的声音值得回味，所有的感受，都落进了心中。

弓形的月亮，驾驭着发硬的土地，春天与所有的肤色有关，不知道何时飞来的清新，让天空生出蔚蓝的味道。

无数滚动的石头，像滚烫的文字，脚趾深陷大漠唤醒太阳的图景，选择风雨兼程，摇身为一次巨大的放飞。

水的力量，制造强势的河岸，毫无例外地显示水低石出，逶迤而来的甜吻，将被柔软和芳香代替。寂静蛰伏在一首诗里，诗句在风沙中，只忠诚自己，给灵魂留下一片草地，连同饱满的目光。偏要扛起一条路，全然不知有多长，惧怕黎明挤压我的痛感，只好用哑语在心里迎迓。

## 八

岩石命名的地名，宁静中的兴奋，被自己敲开一树银花，阳光并不是所有人的怀抱，时光在一片空地，莫测高深。被早晨轻轻唤醒，在春天的原野酿造花海，已过千年，匆忙的交集中，四季中的自持，都只为一条无语的河岸。

与大山角力的间隙，走到一半便不再哭泣，幸运和不幸，在彻夜嘶喊，大雪多少次像海浪，爬上梦境，冲击胸膛洞开的高原。

风雨总是联袂出现，始终想把粗糙的记忆落满油绿，没有理由反对绽放见证更多的色彩，升起是一种习惯，找到一种生命始终被烙印的感觉。

# 拾级而上的浅绿默默地提升着

## 一

干枯岩石的死水，情极深的寂静，孤立头顶的乌云，在拍打中与泥土彼此不和。钟摆声中的大雪，变成了热浪，洁净的力量，足够调动高原亢奋的火焰，只有准备一根缆绳，才能拴住出逃的神话。

## 二

峰峦封死所有出口，高原的缝隙中，一朵流动的春天，在早晨被轻轻唤醒。河流的脉象，落户在戈壁粗拙的盆钵，沙海的自由，掀起的晕轮，醉心于俯视下的凝固。

与沙海等距离地游走，高原的缝隙中，大雨走着弧线，承受天空的洗礼，崇拜自己，并不是贬义词。

## 三

令太阳加盟，一颗丰满的果实，前来会面中，拽起一只萤火虫，从春天开始发芽的谚语，一夜雨后，交接中，足以证实太阳并不陌生。

微风已经无法捆绑丝绸般的草浪，雨水莫名其妙停止，河水的诺言倾泻而下，唱遍高原的旋风，挥手致意间，为一朵失重的花朵，剪断一切泥土。

## 四

河流坠落的力度，被每一缕阳光见证，确定水分能够照顾到每一棵根茎。

在雨中突见晴天，最大范围内，我所要的太阳，重拾臂膀的馈赠，被放大无数倍。抓住雨滴，吸引到我的鼻腔，被叫醒的葡萄，从下垂的藤蔓中，倾泻千万种晶莹的饱胀。

栽种西部的雨水，推动与泥土的触碰，散落一地的清新，获得倒伏的收成，已经无法辨认，一个季节的信誓旦旦。大风从天而降，扩大一条条河流的风铃，一路上的预言，如箭射进动态的芳菲，遥相呼应携带果实的快感。

# 试着潜入春天的心灵

## 一

我的籍贯离沙漠很近。从小生活在沙漠，无边无际的沙漠，散发着坚韧、博大、旷达和野性，像砂砾一点点硌痛我的脚板和皮肤。沙石被风掀起巨大的毯子，随风翻舞，荒凉和狂风交错着总像两个车轮，不停地轮番上阵，四季总不那么分明和单调，苍凉没有尽头，空白处被阳光涂抹成混沌，死亡之海是一个不争的事实。即便如此沙漠中还会出现骆驼、野驴、野羚羊……

雪山、湖泊、沙漠、胡杨树多么不和谐地编织在一张天空下，浩渺的天空没有一丝纤云。只有从沙漠中走过来的人才有资格说沙漠，沙漠像极了一部词典，更像一部年久失修的辞书。

也许在别人看来，沙漠就是敌人，是无休止的风沙和死寂，是夏天的炙热和冬天的灰白，而我从来都没有把沙漠看作敌人。因为，在新疆无论你的漫游多么遥远，都无法走出沙漠的影子。如果你将沙漠当作敌人，你将一生都与沙漠为敌。

从不憎恨沙尘暴，我没有憎恨的理由。人类在开拓疆土、浇灌绿洲的同时，也在狂采地下水，砍伐树木、甚至连根拔起，浮尘权当是对人类的惩罚。但我不想身边永远是空旷的寂寞。死亡早已是过去式，有日光的地方就会有太阳。大漠在荒芜中变得丰满，篝火掩映着冬天，雨雪由冷变暖。很多壮观、震撼的场面就发生在沙漠，比如沙漠公路，丝绸之路像河流穿越沙漠，从来就没有停歇。

在沙漠旁的街市，有那么多的人从少年变成了青壮年，又变成了老者，节日里许多孩子骑着自行车在沙漠公路上狂奔，他们的面庞和臂膀暴露在外面，黝黑发亮。

那沙漠给予了我什么？连我自己都不知道。从沙漠身上看懂的东西与在社会上学会的东西一样：深沉、不甘屈服、倔强独立。沙漠也给予我这样的性格，总能在我的身上见到任性的影子，任性从来都不是沙漠的专利。

站在高地，关心风雪、沙尘暴、天气、收获，面对很多次人生的低谷，我从没有趴下，仍渴望着不断冲刺的动力。

远眺大漠与天空连接在一起，我像大漠书卷里的一个读者，从事写作，就像从事掘金。我在挖掘沙漠的品质，也在打磨我的诗意，我的诗句从不会被风沙锈蚀……

## 二

在风中撕开丑陋灰褐色的山脊，抖落雾凇，掀起山峦湿重的衣袍。阳春三月，我摁响门铃，一条逐渐清晰的河流，一株胡杨树或白桦树，翻飞的手势向我传递一种肢体的语言，在我的默视中飘动。春天的扉页上，我看到浅浅的绿洲，隐藏的草原，像地毯被一片片抖开，诸如天气晴朗、蔚蓝色的天空中布谷鸟的啼叫，在一片桃花中欣然开放。一股暖流袭来，看不见摸不着。

在不知不觉中来去，又将暴涨一岁。在孤寂、忧郁和灰白中，终于绿意葱茏，如磁场诱使你促膝谈心——无论晦暗、潮湿，还是鲜亮、晴朗，很多时候，春天都像天井令人豁然开朗，许多变化却由此而发生。

春天是一杯酒、一盏茶，推杯换盏中，煮沸了话题，酣畅倾诉。春天并不遥远，只是迟到了一步，却有着我心灵的广场，情感的驿站，也是我跋涉斩获希望的地方。原本柔弱、有着浓重书卷气的我，被大雪消融，被风沙侵蚀。从青年到壮年都在跟自己角力，一路上历经阳光雨雪，坎坷磨砺，躁动不安，不断祛除躯体中的阴冷和灰暗的力量。无知并不可怕，可怕的是因为未知而恐惧。一次次拾起跌落的太阳，跌倒和爬起是支撑我行走的两个轮子。我从未拒绝生活的馈赠，但馈赠的分量那样厚重。坎坷永远是我的履历表里的内容。而我只想得到平淡、随性和波澜不惊的生活，就像春天的简单和煦与温暖。

与年轮无关，与季节无关，与追求有关。

褐色的土地，漫天的扬尘，风吹雪中遍地牛羊，像石头滚落在褐黄的草滩。我和春天有很多相像的地方，比如成长、向往和憧憬。试着潜入春天的内心，想知道更广阔、更遥远的事情。因为春天是我梦的向导。在春天才有可圈可点的人生，像发条一直绷紧自己。只要你生活的目的单纯而纯洁，即便人生的主题起伏跌宕，遭遇里埋着伏笔，只有敢于耕耘才能在不知不觉中生动起来。

乍暖还寒时节，抬高的火苗，只有自己能成为自己的救世主。春天是我的一种精神皈依。从现在开始，我关心寒暑冷暖，花开花落。

## 三

蜥蜴似的时光，在沙漠中被一点点渴死。在大漠，春天的来临显得蹒跚，直到四月才算真正地到来，标志就是满坡错落开放的桃花和杏花。穿透风雨的成长谁也无法阻挡。一棵树与一片森林的关系，几乎不假思索，季节就翻篇。

在某个角落渐渐升高的暖意，沿渐绿而上，湍急的河流无始无终地漫游，背负青天，载雨而来，载风而去。生命不是终点，拥有阳光便马上出发。在很远的地方，夺眶而出的雨，一段段展示给我，四月的轻尘中，雨水一夜绿了青青草地。

于是与春天有一个约定。

柳荫下铺设的红地毯，原始粗犷的歌声，裱糊天空的月亮，聚拢起来的星星彻夜弹拨。刀郎人兴奋的原点盛大登场，篝火彻夜燃烧着或悲或喜。做客时我的酒杯从来不空，很享受一场狩猎后举起的刀叉，褐色的眼眶涌动欢欣的泪水。

祈望风调雨顺，富庶安康，一生一世都将热爱这块土地，因为，这块土地像极了风景，如梦境般美丽。越来越多地讨论生和死的问题。拒绝死亡，不仅是共识，更是坚持的理由。平淡、随和、安谧的岁月，在简单的生活中满足和殷实。昨天仍在不停叫醒我，让我反刍时间艰辛的背影。生活的重压下，我的信心来源于强壮和耐劳，心儿透明，脚步轻快，思绪和生命并没有什么异样。

在那并不遥远的地方，被闪现的雪山、湖泊、沙漠、草原的雄奇惊醒，天地苍茫的事情，瞬间把我生命里的一段潜意识，深深流淌在我的血液里，在无人知晓的时候，听从内心的体验，竟如此激动。在沙漠中还有比胡杨更持久的生命，就是期待。

## 四

在大漠，春天是被复制的南方、迟到的春天。但大漠与春天有一个约定，生死之交。无论潮湿或晴朗，鲜亮或晦暗，春天都会如期而至。大漠与春天的相见早在酝酿，被绑定在一片广阔枯黄遥远的山河之间。五颜六色的、隐藏的、突然绽放的草原，一部草原的历史。一种生长的风光、一个运动着的生命，如骆驼般跋涉着的生灵。春天奔跑的时候是看不到天空的，因为天空也随着春天在颤动。春天的裙摆，是大漠的衬衣，在阳光下飘动和翻晒。

大漠风雨无阻的手语，象形文字，一幅地图，悬挂在大漠公路两旁，穿梭于罗布泊斑驳的日光之上，土堆、沙堆之上。

在春天，我最大的收获是心灵上的——我的心灵是不可复制的，因为我对美的追求和向往总是生动和新鲜的。

总在拒绝荒芜，包括心灵的荒芜，相对于蛮荒和冬天，我会毫不犹豫地选择阳光、明快和一览无余的绿色。不知道下一步目标是什么，绿却开始早晚之间笼罩着我的梦想。我想与一条水声丰满的河流、与绿色草原上的白色的毡房相依，一直郁郁葱葱，铺满天边，但愿这不是海市蜃楼，也不是我的单相思。试想着把自己插进土地里，包括我的思想和情感，存活精彩的片段，有无数拼搏的瞬间。灵魂在泥土里、在河流上，爱春天就是爱土地，也跟着春天开始丰腴、茁壮、生动。

大漠的绿色是一口被黄沙掩映的深井，让我挖掘深意……

# 醒来的芳香被一分为二

## 一

从腐土的尸骨上，享受卷进雨水的墨汁，芬芳是大地的喇叭，爬满春天的影子。近距离地观望，山峦相互依偎的落差。注目之下的草原，完整地表述与羊群的关系。

只有流云的信使，在意山梁无声，跌宕的轮廓，草原的躯壳，姹紫嫣红，早晚都会升起，一轮不冷不热的艳阳。一缕虚土的幻影，在沙枣花中踟蹰，而风是草原的策源地，敏锐地捕获一切，直至抓出隐藏在血脉中的忧伤。

专注于草原之蓝，愈合天空的庄重，为一座雨云扯起的旗帜，涌上头顶的绿色，最先揪紧我的心。

## 二

通过手势的哑语，直达一座山峦的心脏，以一束花为信号，点醒石头的密语，聚集起的味蕾，通过凹凸不平的土路，已是无法止步的频率。穿透越来越大的天空，遮风挡雨的谷物，麦浪般奔跑，远近闻名的跋涉者，明显坦露金子，缝合了一扇门的味道。

雪峰绽放月亮的形状，风干了的山峦，重拾光洁的话语，清澈的灯火，龛动翅膀，离海洋最远的西北风，照例拍打雨水的厚度。

## 三

春天迎来风雨，倒伏的绿浪，以原始的步态，展开软语的画卷。藏入天山的雨，青草的味道透过一扇门窗，映入视野。植物性很强的旷野，照例保持弯曲度，草原养育了牛羊，把四月的旺盛留住。

## 四

从脚趾流走像一道哽咽，闪动羽毛的光亮，与一朵失重的云朵同时感到震撼，雪是停驶的月光，被嵌入封底或封面，无意中揉碎了天穹。

## 五

掀翻岁月的眉头，凝固的时针作茧自缚，搁置夜路的雪水，已无路可退，干涸已久的诺言，掩藏于雪峰的腋下。

风扩展的速度击中花朵，足以使璀璨偌大的天空，暂时浓缩于绿荫之下，醒来的芳香被一分为二。

## 六

沙尘暴检阅大地，摇响每一棵树，胡杨晃动坚忍的时针，苍凉是坚固的灵魂，与沙洲相依，一条水声丰满的河流，篝火掩映着冬天，荒芜中变得丰满。

只是一个弹弓，从高原起飞的云朵，射出长串的日子，或长或短、或急或缓，道路给了我行走的方式，孤独中的语言，拓荒者的梦，身不由己。

渴望一片树荫，特别是正午，远眺大漠与天空连接在一起，我却像大漠书卷里的一个标签，不想让阴影伴随一生，孤寂中似乎有一种高调，时间在路上，分别却像今日昨天，放大缩小，沿用阳光的一生，触摸头顶盘旋的鹰，无论鲜亮晦暗潮湿，都要拨开属于自己的金黄。

## 七

站在高地，太阳把天空，吹进沙尘的镜头很慢，吸附掉河床上的汗水，经河流浇灌的湖泊，大地闪亮的图章。

一棵正在行走的树，悄悄插进春天的边缘，带着雨水的觉醒，挤进草场，风的爪子抓醒，浅绿之下的语言。两旁呼吸的道路，必定是特殊的，呈现额际的旭日，全然不知，昏黄的风沙已经到来。

一种柔性的力量，才能摁响门铃，不仅在脸上，不止在心情，最为明显的火光，灼热沙海，就像一个人的咀嚼。

遥相对视，闪烁不止的翅膀，从我的视野里，走出的一块净土，一直都是我的信仰。喘息的土地，时针每天都在放飞，唱彻黑夜的篝火，翻晒阳光，天空的味道，醒着的晴朗。

## 八

手掌的力量，无力翻动蔚蓝，花开时节的绽放，首先打破沉默的是一场雨或雪。拥抱的温度恰好接近灼热，用一个动词结束沉寂，半遮半掩的心扉，梦醒时分，恰好最看不懂世界。

每一块天空都有风雨，大火点燃的黎明，焚烧的却不是天空。穿过世纪，纷飞的宁静，淅沥的雨滴，就像无数滚动的文字，目光中竞相相认。

大雪载着我的名字，穿过天山，激动不已的收获，始终都在循环往复，圆月之上的果实，沾染潮湿。沿台阶而上，大雪的延伸和漫长，熟悉反而是一种陌生。

## 九

戴上一顶春天的花帽，潜流的血液，生命总让我沉醉，忍耐需要磨损，却并不急着表达，路有多长。太阳在前方，与雨声的背影更像母子，倾泻的雨、连绵的雨，与一座山纠结在一起，与大地是另外一种关系。竖立的向日葵，始终都在观察天空的表里，像雨一样思考着，为一场秋雨揭幕，接着往下坠落的雨，就像接着下垂的时针。

我与雨的距离是一个时辰的距离，在离开一座标志时，情愫之中，突然听到巨大的钟声，从背后响起。在我的印象里，雨水的精子在一次次着床，总是把我推向风口浪尖，但以我的个性却从不会顶礼膜拜。我想把雨声掰成两半，一半伫立于热浪之上，一半深入山峦的内心，赶在一场大雪之前，在远方栽种金色的季节。

## 十

在天空雨水的成分过于庞大，被阳光孤立，被大火烧焦，可远可近的长度，长出大地的肋骨，阴晴两种颜色，与蔚蓝相距不远的一盏灯火，雨把大地推倒重来，解脱大地上的雾霾。

雨在嫁接绿色时，数十吨重的兴奋，纷纷起伏，发亮的白昼，遍尝一切清澈。大雨中的缄默不语，与出土的月光相碰，把高原从银色中解放出来，迈过一道道坎坷照亮额头，摇摆不定的火焰，照例是一种狂欢。大雨加官晋爵，叠成金黄的跪拜。

## 十一

雨在晃动中颠簸，雷电起到一只头羊的作用。悬在天空的血脉，把持不住动态的雨，令我错过时光，也让岁月错过我。有时，雨剿灭我所有的心情，一再回响的雨滴，往我的眸子里加减分数。

即使没有天空，也会有大雨的辽阔，雨声自觉放大所谓的岁月，混装的云播种沙海，太多的雨水是一种神话，天昏地暗却是一种不祥之感。

## 十二

被截击的大雨，节奏极其明快，渐入佳境时是一种醉态，与耳畔的声音拥抱。高原敞开胸膛，与风的坦率密切接缝。大风和大雨是两个界面的载体，在峭壁上是两种颜色，视野里的风景，被雨水淋湿。

回归一条大路的清晰，在沸腾的雨声中，紧赶慢赶，我把自己当成一位探路者，将远方装在脚底。

# 新疆四月

## 一

在沙漠，四月才开始进入春天，四月也只能是早春，它滞后于多雨靠海的南方。

春天像蚕一般从东疆、南疆吐丝到北疆，当南疆的成冠的柳树、榆树、苹果树，杏花、桃花、梨花灿烂地开放，一路向北穿越天山，输送到北疆，而北疆还多少有点在冷云中站立。

这是一个无法界定的季节、无所适从的季节。忽冷忽热谁也捉摸不透它的脾性。沙漠的白天随时让人走进夏天，只是有些许绿意刻在沙漠的脸上，才让我感到春天与冬天的区别，一个有争议的季节。

无声的温馨，温馨到不知不觉地来到。虽然迟滞，但毕竟来了。用绿色滚动大自然的脚步，板结的沙土开始松动，河流开始滋润土地，干渴的土地像婴儿缺少奶水；胡杨树、白桦林呼吸了一冬的寒冷开始吐蕾、发芽，在人们干涩的眼神、思念和梦境中。

在生长绿色的同时也生长扬尘。虽然在扬尘里，天空那样灰蒙蒙，但仍然可以看到雾霾之后的晴朗。其实与夏季没什么区别，只是更接近夏天的果实。

踏青的季节，浅露的苜蓿、桑葚、麦绿，已经让人们看出透亮、快乐，绿色开始化装穿上纱裙，到处与郊游的行人打招呼。我们都喜欢出走，去亲近泥土和树木。春天也是心灵开放的季节，春天来得正是时候，活在当下就不会有结束。虽然来晚，我仍然盼望春天，此刻我想翻新我的诗歌，想让它透出新意。

## 二

在四月的轻尘中，绿色是火，从雪峰的底座开始跋涉。而只追求扩张的寒意，像一张扩散的网，还在无始无终漫游弑杀一切月亮和星星。

在很远的地方突然呈现的渐绿，一点也不显得慌张，要一直等到满坡的杏花错落开放，山脊才开始铺绿。一片桃云与一片树的关系蹒跚来临。

塔里木河两岸姿态开始优美，陶醉于歌舞的果园。一群人兴奋的原点盛大登场。彻夜篝火聚拢起来的星星或悲或喜，欢快从丛林后流走。从沙漠流泻的干燥的时间，浸染馕和瓜果初始的香味，一场狩猎后举起的刀叉，做客时我的酒杯从来不空。

在这块夹持于山峦与沙漠间的田畴，播种绿荫，普撒颗粒，四月最大的收获是心灵上的。在沙枣花香里，脚下已是一片牛羊满地的草原，绿色的地毯，始终坚信有一个大气、庄重的表达，而不是低吟浅酌。

沙漠迎来的变革，沿春天的台阶而上，青春在灰色的河里改变一个人的一生，其标志就是自由的塔里木河。润物的河水中，我的眼帘下突然和沙土有关，弥漫夜空的沙尘开始时弱不禁风，而后纷纷扬扬。这像极了复苏的大自然，一夜之间呈现出来的花朵翩跹舞蹈，随之而来的绿洲，在不知不觉中走来。

在很长时间内都很自卑，因为面对沙漠我束手无策。但现在我已毫无倦意，满腔的信心来源于强壮和耐劳。在春天的道路上任性是一种扩张，雨雪中所有的旷野都在泥泞中变得柔软莫名的质感下，树木成长的速度超过预期。

四月，我的世界就是最好的时节。

## 三

寒冷的春风足以让大地颤抖，几乎不假思索，季节就翻篇，一个人的大漠，孤寂孤树孤云，更像一个男人。雪景无所谓好坏，只有喜欢与不喜欢，屋内刮起大风，温馨扩散开来，不时发出声响，太多的声音在苍老，天空是最烂的湖水。凹地是美的，纯正的传说，挤掉水分的沙梁，石头端坐在河流上，滚动着冥顽不化的雕像，花在感知空气的味道，埋下的记忆在夜里等待分娩。

我和雨水的亲近，是云和土地的亲近，一片树在大地上打坐，授意最亮的一朵花，捞起火焰般的希冀，我和春天比着耐力，在路上看谁更持久。

## 四

春天的头饰，戴在河流之上，属于诗意的土地，昨天像针，缝合了尘土的伤痕。雨是一种时尚，秉性就是绽放，早晚会成为种子，风到达之后，阳光的鸟语是锃亮的。

花蕊朝向雨声，总在颤抖中的嗓音，翅膀在旷野之上，起飞的动作，并没有结尾的意思。

## 五

春天的口哨，对话雪峰的视觉，承接一条断续的河流，季节的分量，从身上碾过太多的雨水，隆起河流的肌块。雪峰的厚度，决定河流的走向，翻开翅膀下的蔚蓝，寂静被升华，正设法接近太阳，酿造一盏灯火。

干涸的雨水沸腾起来，在天空凸显印痕，雪水的讯息，像被风吹弯的芦苇，唯一的纠结是被枯竭。驿道两旁的桃花，形成朝觐之路，以放开的语境，占卜目光内阳光的裂纹。

在与春天短距离的接触中，埋藏很深的雪峰，模糊与山与水的关系。雄性的雨水，悬挂于太阳下，无法指望被遗忘，从未作废的河流，屹立在我的耳畔，远远超出时光中自己的样子。

## 六

桃花通过河流，站立上风，做巢的力量，从没有落后任何一种云朵，绽放的意境驾驭天空。目光瞅准邮路，很在乎绵长不绝，留在面颊的笑靥，万秒之内，掩饰不住的自信，早已穿透风雨。任春天调遣，毫不屈从于现实的温暖，花蕊伸出舌头，用银针打探春天所有的消息，留住一片动静很大的纯色喜悦，一直往下传递，不止今日。即便没有坦途，桃花也会在半途截留一片彤云。

# 让我出手相救四月

## 一

一场雪倒行逆施，推动彻夜的彤云，将花朵囚禁于天空，若明若暗的道路无意中陷入，面目全非的雪。适时穿过陷落的峡谷，远处的雪山，从钟摆声中站立起来，以一种契机深入枯立的岩石。

当面错过荒芜的封面，穿越而来，推开一扇门，掠夺所有的树枝。

烧荒的火，与荆棘彼此不和，却让月亮的烛火，在高原情不自禁，直至阅尽山峰的嘶喊。视大雪为火种，一场感悟一对一升起，额顶的太阳。灰色中的雨水，全然不知道何时暴发，浇醒天空的位置。

## 二

干涸的土地，无疑会告别生长的自由。雪把歌声养大，钳击黄昏的骨骼，只能摄取陡峭下的阴影。

一场风，随时都在拾起一堆沉重的挽联，遭遇雪光的围堵，在雪峰的裙摆下，栽种粉色的脚印，漫过头顶的泥土，把春天归为己有。滴答的时光，在深山爆响，最先映入眼帘的峰峦，被洁白生擒的脚印，在直挺的大风中打折。灿白的大雪，平淡相宜中，怕打家园的脸颊。

一路起降的雪，击溃月光，真实的安眠，从琴声里穿过，走路的习惯。在紫色的旋风刮起时，云雀和蔷薇，始终一个主题。

## 三

赶在春天之前，一座炉火中的风暴，在血管中咆哮穿行。雪花吹开的暖意，使雪白的力量，加入浓郁的味道。弥漫开去的雪花，被风掀起，丰满的果实，至今都在享受谚语似的气。

风用爪子啃食峭壁，躲进不发光的峰峦，孤寂中的一道幕墙，四季的键盘轻叩大山。大面积的太阳滚动时，爆满的天山无法接收痉挛的天空。

泥土下的种子打通大地的经脉，在一场日益动荡的雨声中，初心未改。视野里的烽燧，站成松柏的形态，不想与白昼擦肩而过。

## 四

纤夫般的旋风，牵动大船，击打天空的胸腔。有一团火苗，从木屋的窗口溢出，负载着明确的使命。

快马加鞭的雨，犹如长久不息的掌声，通向快乐的颜色扩展至今。一种轮回的关系，在有声的雪水中，风被洁净一回。雨纵横捭阖，飘洒着我的经历，一路上翻开暴涨的岁月。

在风雨之后凋零，晴朗的云朵，目光的烛火，找到一种生命被烙印的感觉，充血后，潜伏在春天。一座起伏悬念的自画像，向日葵洒落我一身的旭日。

## 五

穿墙而过，匍匐前进，擂响了冲锋的号角，用身体裹挟春雷，撕开了一道道冰凌，为逃跑的冬天打上了死结。裸露的土地，四月的皮肤开始泛青。

如期而至的春寒料峭，也开始播散思念——细雨湿地，路上行人徒增凝重和深沉，让活着的人与死去的人残忍地碰面。用时光之手，抚平、消磨着一切人间的悲欢离合。它让晨昏、道路、泥泞浓缩在一个个故人的烤瓷头像上；无言的字，无字的碑文，读着它，仿佛定睛看到明天的自己。没有结局，它深知生后必定是阳光热烈、繁花似锦的盛夏和泥土芬芳、果实累累的秋日。深知活着才能改变，在渴望生与恐惧死的选择中，它无法对自己选择的人生说后悔——路是自己走的，什么都带不走。但实现不了的东西却时常吞噬着它，刚冒出枯黄泥土的浅绿草坪，张开小嘴准备歌唱的桃花，缺憾地望着四月隐退。

以四月为伍，以四月为歌。开启了憧憬之门，让执着和信念无时不在，像刚开垦出的绿色充满大地。

## 六

沙漠像极了一位缄默的老者，无声无息地腐蚀一切。沙尘滚滚而来，在一片片剥落中，弥漫夜空，在很长时间掩映太阳闪电般的思想。胡杨树晃动金黄，独立行走于这个世界，以卑微的青春摁响一片空寂。

世上万物都始于春天，解冻的雷声轰隆隆响彻起来，河流爆破的声音由缓变急，凌乱的冰凌前呼后拥，让人心碎，令人情不自禁，咀嚼略带寒意的风声，发出别人无法替代的呻吟……

我翻阅所有生活的字典，世界就是沙的堡垒与旋涡之间的距离。以一块馕作为干粮填充着我的胃，用一壶水浇灌我的心灵。我很容易在简单的生活中得到满足，信心却来源于强壮和耐劳。

出手相救四月，让我一个人去充当信使吧。

# 偏心的雨

## 一

在沙漠中呆惯的人，总想看到雨，总愿听到雨，哪怕只有一会儿，哪怕只是片刻。但雨总是显得那样吝啬，从不主动与我打招呼，也从未与我约定，也总是在我的千呼万唤中徐徐走来。在沙漠、在村庄、在城市，大雨是极少见的，几乎没有见到能够连续几天都下雨的情况。所以，生活在大漠或大漠边缘的人，不会因为连续的雨天而脾性烦躁，大多性格爽朗。

雨，简直就是梦想，我渴望雨，渴望燥热之中倾盆的凉爽，巴望着能看到雨中，奔跑的各式各样的雨伞，映衬着生活的多姿多样。

有时，我开始羡慕泥土、树木和花朵，它们能够随时接受着雨的造访，在雨的滋润下，它们都悄然改变了模样。

我无法断定雨与泥土、树木和花朵的关系，是牢固还是松散，是亲密还是疏远？雨总是把自己隐藏得很深，偶尔露一下真面目，在大雨之前，总有雷声报告着雨的脚步，越是在干旱的地方，雨来临之前的雷声就越响。

没有谁能想到雨什么时候到来，能带来什么，泥土张开着嘴，花朵静静地绽放，树木伸直了脖项，显示出没有被风吹过的样子，树木只是不吭气罢了，其实它是多么想雨。在雨中，树木相互守望，湿润地相依，而在烈日下，树木全都闭着眼睛，像蔫儿了的孩子，在雨中，花朵会高兴地跳舞，尤其是在微风里。

在雨中，大雨咆哮，中雨喧闹，小雨悄然无声，雨是语言——天空中淅淅沥沥的雨声，轻快地宣讲，清脆、浑厚、带劲，我仿佛在听故事，只是完全默然。我几次想问，都被风声打住，它向我做了一个“嘘”的手势，然后指着我的心。我明白了它让我用心听雨，就像有一部歌剧或者朗诵会正在上演。雨后，天是晴的，空气是清新的，虽然，天空还有些灰蒙蒙，但我的心情已经开朗，没有丝毫的纤尘，没有丁点的牵挂，我们都在欢呼，雨所带来的一切。

## 二

在沙漠，雨是一种稀罕，也是一种偶然，没有任何征兆，该来的时候就来了。雨不远不近，总在我的头顶。有时也会直接蹦入我的眼中、嘴里和衣领上，但我都不在乎。

雨，腥咸的、芳香的，紫色的、黄色的，磅礴的、激荡的，闪亮的、宁静的，陌生的、亲切的，年轻的、活泼的，老成的、稳重的。雨带着情感，始发于春，四月的雨弥漫成花伞，在春夏秋冬的领地上，制作晴朗和明媚，雨成就了大地的人生。

我抬头没有听到雨声，却看到金黄浮尘的翅膀秒杀着天空，泥尘在桃花、杏花、梨花上做巢。

雨是距离太阳最远的火焰。天空中有响雷，响雷过后必然是大雨。雨艰难地一点点飘动着，孤独地走进泥土的怀抱。在雪山、大漠、绿洲，胡杨树、白桦树、如冠的柳树上，腾挪沉重的脚步。

在如柱的雨水浇注下，一切万物都在悄然变化，包括苏醒，也包括我的心灵。

在早晨叫醒我，让我啜吸甘露，一种畅快立马传遍我的周身。在雨到来的时候，我就像恭迎到来的节日一样，享受节日的欢愉。

这时的雨，一盏飘着茉莉花香的茶茗，不忍下咽，又如一杯咖啡，抛弃平淡，让我在浓郁中久久伫立沉思。

这阵的雨，直插心扉，一个倒悬着照看我心房的森林，一首亲口对我朗咏的诗句。

这会的雨，像一张地图，穿过我的眼眶，带领我的心智跋涉世界。我不知道雨会什么时候下，但我知道雨会带给我什么，不管我走到哪儿，我都想把雨带在身上，就像带着一部书卷……

雨，贴近我的脸庞，裹紧我的身体，注入我的生命，我的人生注定与风雨也有关。雨是岁月，前年、去年、今年，昨天、前天、今天和当下。

## 三

硕大的鸡形版图从西往东倾斜时，版图上的颜色也从深黄、褐黄到浅绿、深绿，一直延伸到深蓝的海水。

雨，常年积聚版图上浅绿到深绿的地方，均匀地分布在南方的各个季节，整个南方都享受着雨的快意和漫天喜悦。

南方的河流上空有充沛的雨云，雨云养育了河流，河流就显得湿润，河流反过来又积蓄了雨的生命的形态。

因为无雨和少雨，偏心的版图把褐黄留给了大西北，即将沙漠和荒凉留给了大西北。从高原孕育的河流本来是绿色的，而河流一到黄土高原就变得浊黄。高原的土地没有雨水的浇灌，便泛滥成浮土和扬尘，被冲刷进了河流。

缺雨的地方，却被无雨的季节覆盖。祈求大雨到来，等到的却是失望和干涸。对世居于沙漠边缘的人来说，已经习惯了忍耐和在干旱的土地上日出而作、日落而息，但仍盼望东南风能将雨云刮向西北，哪怕停留一会儿，在荒漠播撒希望和绿色。

我愤愤不平地埋怨雨水，雨水却在抱怨沙漠。

沙漠是灼热的，满是飞沙走石和遮天蔽日的浮尘。雨还没有从沙漠上空飘下来，就已被热浪蒸发而胎死腹中，甚至都没有来得及打湿砂砾。

沙漠又能怪谁呢？雨是一种气场。雨到来的时候，万物都会勃发，因为干燥和空旷而逃避的雨云是可鄙的，当沙漠上空响起闷雷的时候，我总这样想。

# 第二辑 高原望雪

端详胡杨

# 从大雪的毛孔里与高原对话

## 一

整夜的大雪，在水中截获悲哀，留在嘴唇的呼哨，尾随旋风的动静，在手里揉搓银色酿造的空旷，潜伏的冬天，鸟儿在天空落难时的情景，在每一个时刻绽放。使大地凋零的力量，被风掂之又掂，大地的走卒，一生都在壮大和渺小，正做着眺望的动作，捅破遮天盖地的河流，无法迈入的寂静，一遍遍膨胀时光的分币。

## 二

俯仰之间，与天空存在默许，以征战的速度，与另外的山峦相遇，快步如飞中喊声压倒一切。漂在河床，分别成为两种东西，并在目光中沉淀烛火。太阳在充血，种子在我心里发芽，从雨雪汲取动力，我的心灵雪声一片，始终相信雪水不会失真，用侧影的方式，击打窗棂，为我点燃灯火，在眉心锻造一座天堂。

## 三

认识雪山时，穿过云雾的幕墙，冲向峰群的吼声，使仰望始终都怀揣一片大雪，太阳在雪的名字上落地，河流缩小与大地的距离，一场大雪自持宁静，与岩石碰撞，尘土颠覆自己的故事，篝火中仍没有减退的样子。

## 四

在花萼中使劲地哭泣，想把声音放大数倍，你我的大雪，摘下面纱时，一切便显得沸腾，在洞开的高原，又一次贴近我的心口。大雪是一年四季的宣言，手植的背景，笔直或者陡峭的温度，被风刮动的喉咙，与洞开的高原齐肩，跋涉的雪，挂在山峰的脖颈。雪水的亮度在奔跑中摆渡太阳，通向天山的栈道，一再裹紧银色的外衣，痉挛的岩石，与风一辈子的较量，扶住下降的峰峦，把天山的威仪从脚下抬到空中。

## 五

大雪勃起的花茎，得以摆渡发亮的白昼，确信已经佩戴云冠雪线，在大风中走进任意的想象，植入骨髓的云朵，设法覆盖雪山裸露的部分，雪水坍塌在眼前，已经无法完成停靠。我深爱着的一片高原，寒彻的天空，银色的桂冠与孤寂的钟摆，联手时并非完全与我有关，鞠躬以迎接暴风雪。

从地上捡起一轮太阳。高原的拇指，举起我的狂欢。

## 六

大约在夏季河水奔流，诺言倾泻而下，大风擦拭着额头，太阳的红痣、泥土、白雪，陷落的城堡与浅色的绿洲，唱遍高原的旋风，归拢乌云，花帽下如玉的肌肤，一捆盛开的春天，我与雨水争夺雪松与天路，快感由此产生。

白色屋脊之上，沉寂的牧道，通行只是最简单的字眼，在风的呼啸中，我的脸颊被刺疼，在雪线的直线距离之外，便意外死亡，默不作声的祭奠，似乎意味着，所有的人都要走一遭，星光的眼睛对视时空，却不敢奢望一朵云，落地时却不包括我。

## 七

只接收松子，在男神中挑选弘毅，授予所有的故事，向远方出发，不止一次攀缘，率先突破高原的轮廓，与雪峰较量纯洁，只在乎纯真之语。

大雪的直径盖过云朵，几个昼夜都埋在雪里，马鞭挑起的夜色，走不出高原，从一只头羊的胸襟侧望，紫色的阳光支撑高原的头颅。大雪标出的吃水线，占领雪域。打开的唱腔，彻夜弹拨与生俱来的地方。

# 与一场大雪一见倾心

## 一

大雪启动的力量，像展开的一场追跑，拽起每一个迟来的昼夜，天空隐秘的弓箭，在不由自主中射出。围绕一场正午的话题，展开圈地运动，局促的砂砾像抽动的陀螺，载动飘零的境界，介于大地之间，与一场风的婚宴，一再点燃洞房之烛，制造一场有氧的运动，在发白的季节，被一场柔软的身世所激动，似乎一直都在关注，仅存的果实在春天凋零，绕开与大雨的竞走，只想为大地增加花开花落，前仆后继中，匍匐大地的仪仗队，在攻城略地中，把天空的玻璃撞得粉碎，试图打破一个形态依旧的天空，踉跄中占据疾风拉锯的地域，邂逅大路之外落地的灯火，棱角切割着有缝的皱褶，蛮荒的季节，深沉的颤抖中，与一场大雪一见倾心。

## 二

雪是冬天从不雷同的果实，把一场雪搂入矮下去的天空，关注激动的因子，摩擦身体柔软的地方，在眼帘下云蒸霞蔚。

我在一场大雪背后，定制一对张开的双翼，在空灵的世界留下远足，亮色中漂白自己。

## 三

站立的大雪，本身就是大海悄然流过，大地的厚度是一部教科书，把雪水的标语高高举起，照耀四季的鼻息。坦诚于风下的雨滴，排列在大地的队形动作颇大，莅临真实的旅途，燃烧的太阳，模样震撼一生，把大雪划伤。

褐黄色的风，不知道从哪里吹来，冲锋的鸟，似乎真的要托起我的躯体，庆幸在沟底扩散的涟漪，整日都有我的身影。给春天安装一台起搏器，期待拥抱最后一场大雪的纯洁，花园走向开头，阳光几乎是动词，似醉非醉，似乎在编写泥土的词典。

## 四

从大地的这头走向另一端，在旷野中行走，升起马匹和羊群的仪仗队，尽可能延长一场大雪，就像延长生命。

灿白世界的暖巢，密密匝匝的树冠，肤色雪白，用嘴吹大的世界，引发一场冲动的温暖。

为大雪喝彩，不想只有一场，背负晴空的方向，梦的背景告诉我，所有的心绪，照例为大雪的馈赠，一场河流制造的暖日，已抚摸到了一种鼻息。

过往不可或缺，无论到达哪个季节，招之即来的雪，都会把一种亲切匍匐在我的脸上，大雪的兴奋，令我耳目一新。

大雪在今夜返回，雪中的轮廓，显示坚硬和柔软，揉搓大雪的双手，在火炉中反复更迭，撩开大雪的面纱，迅速返回的宁静，会把一场大雪透明化，在天空下重新来过，一个季节总要凝固，只要天空融化雪峰，就意味着丰庆。

# 我的阵地是雪

自小就生活在南疆，生活在被沙漠、被雪包围的世界，在沙漠一角，绿色只是表明人们仍在向往的眼睛。那笼罩田野的胡杨站在大漠上，寂静的冬日，只有白雪在陪伴沙漠里的胡杨。

细腻的雪，粗犷的雪。

却不知道什么时候，那洁白的雪地上被踏上魔鬼的脚步，我只能远离那失忆、失血的雪景，再也无法见到灿若白天的雪了。雪地踩满了象形文字般歪七扭八的污渍。

恐怖的雪，狰狞的雪。

我奔波在路上，无暇顾及大自然默默地眷顾，那白色的、红色的、黑色的、橙色的、蓝色的雪，倒挂在我的眉睫，我却视而不见。我那样匆匆，根本理会不了天空的装扮、风的颜色、河流的脚步，当然也包括雪的行色。有时我无法停下脚步，有时我不得不停下脚步，有时我意犹未尽地停下脚步，有时我还孜孜不倦的难以停下脚步。

呻吟的雪，喘息的雪。

而终于有一天停歇的心绪让我、要我领略这些风光、思考这些风景时，我的心中竟如此慌乱——

因为我还没有抚平情绪，没有做好与雪平等对话的准备；因为我心中的浮躁、莫名其妙的感觉还在噬咬着我的精血。

可悲的雪，可叹的雪。

世间万象萦绕着、诱惑着、纯情着、没落着我的一切感受。雪也一样，被囿于牢笼、被人养在屋内，被人拍照、留影、把玩。

被人观赏的雪，被人玩弄的雪。

我悲叹，我自怜——

那猛烈地扫荡天宇，炊烬狂沙的雪，那漫天飞舞洋溢青春、给力舞动的雪哪儿去了？那晶莹万里守身如玉的雪，那荡涤我心中愤懑积郁一吐为快的雪哪儿去了？

压抑的雪，逃跑的雪。

我再也回不到过去，就像雪再也回不到被漠视的境界，但我的青春和壮年已被雪滋养、灌溉，那褪了色的、浅浅的雪早已存留在我心中，已经没有必要再伪装。在路上，仍然有雪、仍然有泪、仍然有坚持，我的阵地就是雪。

驾驭攀缘的雪，驾驭带翅膀的云。

# 一场大雪

## 一

一场大雪彻夜嘶喊，在我的心中酿造花海，整宿熨贴亲切，点亮了世界的寂静，夜色便悄然进入梦乡。用大海的思维想象大雪，就可以看到海上的情境，受到鼓舞的雪花，多少次像海浪，一次次拍打敦厚的高原。

分秒必争的道路，强行通过的大雪，刺激着春天的脚步，石屋中堆满的柴火，把一场大雪焐热。

## 二

站立在春天的边缘，大雪封闭所有的出口，我却不怕信仰会被封杀，把一处风景暖在心里，只是我在泥土里种植雪花。信手拈来之中，总有源头，大风挥舞翅膀，迸发野性。雨是一双靴子，穿在树木的脚上，河流开化成一片掌声，银色渐渐褪去喧闹。大片的表情，在意想不到的时候，花开花落踩响溪流，水是柔软的子弹，映照乍暖还寒。

## 三

大雪下面是水，睡梦中正在解冻的汩汩细流，迈上我的脚趾，和刹那间的记忆。在覆盖之上，淳厚的大雪，偏爱同色的语言，裹紧太多的事情，起飞许久才知道，一场大雪来得多么不容易。

## 四

大雪无一例外熄灭，又毫不犹豫地畅游到我的眼前。雪化石出是一种景色，更是一种翅膀，或驮载风声、或击掌歌唱，整宿的雪落无痕，寂静封死了去往危险的道路，却用一望无际直视我的坦途。你要我的虔诚和双手合十的默诵，我要你的飘洒背后的光鲜和纯洁。举起一个自由的日子，洁白捕捉到的晴朗，灵性的前奏，暗合一道阳光，擎起我背后的天空。

## 五

今夜的大雪，看不出有什么不同，更大或者更小，都无人能抵挡广阔之中的任性，也已让我如愿以偿。与大山较力的间隙，纷扬的岩石，持续上升到雪峰的侧影，都指向醒着的晴朗。石头的封皮，像雪峰之上，缀饰的头巾，俯冲的雪，目睹每一块石头的生长，匆忙交集中攀爬的问候，一直不会间断。雪的成长不需要加密，在风中掀起斗篷，暗中的一丝微笑，很早就在窗口啾鸣。风中的信念，与你遥相对视，留下深深跋涉的痕迹，写下无悔和许多的感动。

## 六

握紧你的手时，已经无法放弃，窒息的天空，低沉而洁白，使大地摇摇欲坠，大雪之后格外开朗的夜晚，一点也不想遗漏什么。只是想用心打量这个世界，让天空完整，与大雪耳语时，世界却在一片野性里。

# 雪　祭

## 一

告退的大雪，慌忙中忘记带上了把手。大地上堆积的云朵，抵挡干渴却再无法打开，白色的栅栏，目光在穿越时，一再被搁浅。

## 二

聚少离多的大雪，寻找起飞的记忆，在树枝上寻求栖息，潜伏的砂砾被迫逃向荒原，野性的强大，足以碾碎天空。最好的祭品，雪与天空的深吻，肌肤匍匐在地，让雨声轻抚，灯火的酒窝里，依偎中成为知己。

## 三

接住大漠的花瓣，凸显的坚硬，直立着走向孤独，白色的影子，与平躺的苍茫成正比。大风与大雪，像一对孪生兄弟，告别无声无息，落入空谷的呼吸，把整个高原，关闭在一片浮云之上。

开始闪现的大路，距离之内，天空已经悄然拴牢，奔波自由的精灵，一场拉锯战中，醒着的寂寞潜移默化。试图把雪抱走，泯灭一切覆盖，强迫目光阅读，被拽向旅途的流放，熟视中我却无法，忘记窖藏一切动情之处。

## 四

低矮的太阳，点亮丛林荆棘中的篝火，跃起有可能倒地，也有可能绝处逢生，沙尘在堡垒与旋涡之间，挑选可供逃跑的道路。

一小撮的雪，始终都在起诉天空，马蹄远遁，有太多的声音在苍老，最大的山风，却从来没有输给行走。雨的本质是开花，却在很远的地方开放，撑起的奔跑，像一道行进中的队伍，比风还轻的大雪，河水足够壮大。

阳光举起的狂欢，塌陷在持续的兴奋里，泛滥着高潮低潮，等待一点即燃的绿色，春天是隐藏的草原，像鹰在空中撕破雾霾。

## 五

第一缕眺望在打开之前，被一方大雪震落，纯粹的天空，一丝鼻息从目光间滑走。被风拍打，醒来的却不是想象，来不及打扫的心情，一刻都不曾停止起飞。

遥相对视中，只有我一个人，在蚕食黎明前的夜色，树木上的星光，提示着路有多长。在阳光来临之前，等待星光撞裂一块天空，从一座雪峰紧挨的高原，内心聚集的声音，时刻都想达到一种高度。与雨水一起醒来，并加入对黎明的顾盼，把风藏在嘴唇，哨声吹向远方。

# 雪　牧

## 一

被雪花撕成碎片的草原，叠成银色的跪拜，只看见马群的背影，而看不见有声的草色。马蹄踏雪是凝固的，吸收峭壁的阴影。雪山到草原的直线距离，牧道是一根针，云朵模糊了揉碎的天穹，近在咫尺，缓慢到无人问津，对深沉的恐惧，在风中转换成悬崖，失重的戳记，走向生命的苦痛。

## 二

山峦中有一种力量，适合琴弦传递，可远可近的长度，充满血色的雪水，太阳叫醒我时，新鲜的血液随之涌出，就算没有翅膀，马匹走向另一端也是疾驶的样子。

被风暴击中的草原，颜色被雪水漫漶，渐次消亡的草原，凸现雪的煞白，萎缩的花朵没有一瓣，被马蹄碾碎，大风捅破天空，把所有的寂寞串联在一起。

只有草原为我分心，依然拴住大雪中满目的羊群，像草木一样升起的船帆，在风中汇合，转场是一场不软不硬的革命，炫目的太阳在风中祷告。

## 三

草原经过峡谷时，过滤仍在往下继续的岁月，曙光下的千里之路，接受大雪传播的宁静，牧人的背影后，驼队蜿蜒的时针，草原上的事物，正如雪花被延揽进我的胸怀。

## 四

一座站立的雪山，杯盏中，纯色的雪水，依然忠实于天空，在四月扎下牧场。牛羊和马匹是游动的果实，草原的衣钵，被春天一层层剥开。

最早的日出，恰好与马背垂成直角，同高原联手时，血色在慢慢苏醒。

## 五

大雪的继任者，同一岁数的雨，裸露的草原，咀嚼往往是一种幸福，举起的表情在喧嚣中策马而过。吃草的声音绵延几公里，时常掀动漫山遍野的石块。生根的草原，不断变换位置，与大雪或大雨是一对孪生兄弟，并被告知翻身的动作，在一夜之间丰满起来。

## 六

一再淹没草原的外表，梳理出的草地，正对着有形的山脉。默不作声的徒步者，构筑草原的形象，与草原的阔别，令我轻快地上路。一场大雪突袭毡房，把太阳与雪峰拴在一起，巨大的草原，上演云海的角色。

## 七

挥鞭催醒狭长的谷底，大雪卷走负重的马背，稀疏的牧道，逼着大雪做出滑翔的样子，草原通过风的导管，呼吸云朵的清新。纵马奔驰白色的无边无际，才能看到草原的点睛之笔。风在一夜之间，把草原刮飞，接受或者放弃在大雪中的奔跑，不肯就范的牧人，蚕食太阳的影子。

## 八

牧人的姿势在马背上，像风划过我的灵魂。大雪在马背上，最先映入眼帘的戳记，掩映失重的峰峦，从黄昏暗下来的半坡上，急速放大的呼哨，雪花洒落，一片密集的箭镞。

风在溶解雪花的耳语，渐行渐远，哑语的月光，丰盈的种粒，一再缩短季节的步伐。

# 大雪至简

一

雪水的神态，一匹脱缰的烈马。在充实的风中，无法停驶。被风沙淹没的古堡，灰色的温暖，一直把持住大雪的面貌。

二

赶在旭日之前，有一场雪无限扩大，只有粉色为神秘打分。躺倒在雪地的羽毛，张开双翅接近，云朵和高原的距离，风沙揉皱的皮肤，被一场大雪覆盖的速度，悄然代替。

三

风在转向中，被用来指示阅读，从头至尾的浏览，雪的婚丧嫁娶，飘向天空的旷达，惊醒胎盘中的塔里木河，河流起伏的尾翼，跌落的雪光，从我的目光中升起。

雪是丰盈的谷物的保障，大雪覆盖着一片村庄，熟悉到极致的颗粒，突然袭来，在洁白中一点点增加分量，却不仅仅只为着庆祝。

天山的卷首语，大雪至简，在对等的意义上阅读，视雪生生不息，放大在天空的时候，重新来过，史诗般浩大的场面。

## 四

一场灰色的温暖，贴着大山飞行，把每一个角落吹到，雪水驶向远方浸润阡陌。

全然不知道何时爆发，仿佛发生在昨日，悬挂于天空的浅色云朵，与埋没脖项的雪，无始无终地搅和在一起。一个世纪在雪下喘息，惊人相似的肤色，注定不可名状的固态和液态，进驻一座山河，为大山绷紧的神秘加分。

在多大的程度上，从沙尘中昂起头来，太阳瓮动的翅膀，等待一棵消息树，至少在大风中。

## 五

由雪水转换而来，被拽向高原的旅途，延迟的风沙中，不堪一击的草原，托起视野里露底的青色，忧伤与月光一起飞翔。饥渴难耐的春天，正对着短暂的无望。弓背呻吟的天空，无法同自己的奔跑较劲，顷刻猛涨的雪山，翻动高原的动向，照彻和释放自由的奔跑。

# 推窗见雪

## 一

大雪纷飞，不重样的天空，把歌磨成一首岁月。忍受严寒的宗旨，视觉上没完没了的大雪，在一个刻度上弥合，稠密的太阳与天空的比例。

每个人的心头，太阳的嗓子，无一例外地扯开嘶喊，在岩石上刻下箴言，所有的风雪都是琴瑟。风延伸的旅程，被我的射灯熔断，珍藏相约，守护晴暖，我的耳畔打开所有的视野。

## 二

在窗外凝望雪的睫毛，卷走屋顶的太阳，神奇和神秘，在两个房间睡觉，无法确立的归期，在大风中醒来。夜色是清晰的，许多故事都在一味忧伤，一切过往的情缘，都见心见雪。

## 三

戴在头顶的雪峰是一座落地的雕像，在风雨中无法辨认。高原垂下落日，风沙成就了古堡。高原上的各种元素，以月光的火焰最亮。月亮的味道，在摇晃的高脚杯，褪去叹息。

## 四

深藏眼底的寂静，从空中滑落的速度越来越急，在泛滥的晨昏中，影子般均衡，惨白无缝的孤独。

雪水浓缩在沙漠的腋下，集结起来的翅膀，享受眸子里的喧闹。暴走的河水，铁蹄擂响峡谷，枯黄远远超过预期。

大雨勃起的花茎，为我点燃灯火，与另外一处山峦相遇。以一棵树的距离。讲述相握于手的阳光。我的世界并未下雪，而你的世界却在漫山遍野绽放星光。

# 等待一场雪

## 一

在一处拐弯处，风倒在地上，把世界拉在身后，变形的土地，闪烁着火焰，将我捆绑于任何一场呼啸之中。挑选对称的雪，接近充满银色的火光，隐秘伤痕的风，在偌大的天空获得解脱。无论是月光还是泪水，在相互传递的驿站，无法磨灭中，以一己之言，等待一场大雪，写下难得片刻的洁白。

在解冻后大彻大悟，风亦呢喃，在一块水源地上，将丰饶的泥土，一直吹送到我的嘴唇。

## 二

头茬的雪，走进秋色里的高度，把下降的正午抛在外面，银色开始在大风中裹紧袍衣。手持天空的一把利剑，风是解说者，胜利者的喜宴，抽丝剥茧般把天空打湿。

让一场奔走，一展雄风，在声音里演绎富足，不急不缓地对话，把最好的意境挑亮，背影走向苍白。从耳边扩散大雪的声音，扑朔迷离的身世，并不代表沉默的沙枣花，绽放花蕾前没有蜜蜂会临照。

竖立的向日葵，朝向背阴的山坡，同一片枫叶下，雪水被一点点蚕食，河流在仰望时，既一往无前又缩手缩脚，任阳光的刀斧，直接砍伐隆起的部分。

## 三

大雪生成的世界，一场接一场的竞走，简短而有力，无语起降的瞬间，像风一样的齿轮打磨着，出使的岁月。

一场雪来得及时，总有一款被留意，启示来年，与世界割据，在银色中活泛过来，尽管打着哑语。难得的一场雪，被当成谷粒，把裸露的土层掩盖得天衣无缝。

只在这一刻，铧犁在泥土里隆隆作响，无暇与皱褶似的干涸自由对接，刨动沟壑以下的位置。

## 五

视大雪为一场革命，吞噬飞扬的尘土，以雪的颜色看待时光，在透彻的风中预言似的爆发，洁白是有着目的的白云，主宰一场雪。

如果没有一场大雪，停留于午夜，就没有这个世界真实的安眠。

# 在大雪中聆听每一个今日

一

在高原奔腾，从风中走向裂纹的脚趾，月亮下过于苍白，整夜夸张的大雪，侧击慕士塔格峰的峰顶，寂静并不想永远寂静。

大雪中聆听每一个今日，雪即心情。被纯色的轻盈包围，倾倒安详的世界，坦露柔情侠骨，俯视中与大地相认。

二

雪的世界感动一场风，卷起的力量，仿佛在行驶一场权利，最终在奔跑中，映照高原的梦境。

在木质波纹里，裂开一道口子，岩石上鸣响的喇叭，延宕大地的每一株花朵，应对一座完美的屋脊。并不想关闭一场大雪，雪的喘息戴上光环，悬挂于太阳下，从事临摹的雪花，染色相应的皮肤。

那些简单的的词语，被纯情包围，把天空掀翻，即使在镂空的岁月，也能暖热我的胸口。

## 三

爬上河床的雪水，回巢时突遇大风去迎接圣洁时，誓言在混沌的雨中为情所困，酝酿在无人处，感动世界的喘息。

太阳的头饰，在正午还原晴空，被截击的蔚蓝，释放烧荒的火，一场不会荒芜的云朵，在手上攥出太阳的汗水。完美的屋脊，火柴头般的星点，开始点燃季节的呼吸，并不想关闭一场大雪，任性中，由低转高的分贝，灵魂在奔跑中，像种子又像风。

## 四

在滚动的马匹上，阳光预谋着，煽动开始发黄的花朵腾飞，仿佛逃遁的雪花，重叠在一起，照实记录，尚未着落的安眠。风在营造孤独的氛围，倾听野性河流的耳语，远远超过雨声的惊呼，丝绸般绽放的泪水，设法撼动太阳，在高原噼里啪啦爆响。

作为蔚蓝的儿子，躺在怀中的日出，只想缩短雪峰下的甬道，河流洗劫大地，只在夏天才像一只勇猛的狮子。只有天空才能与之匹配的坚硬，熄灭远方的灯光，倾泻的雪，获得岁月的礼物，直接走入麦香的脉管。

# 再一次确定冬天会很早过去

## 一

太阳在潮湿与温润之间，翻晒正午的情景，秋天的产物，挪动的背景驮着我，一再延伸颗粒饱满。

在大雪来临之前，拾起一把落叶的钥匙，无论是否合适，都想打开成熟的锁眼。

## 二

风吹开密林时，声音的手指，一路婆娑，用深沉提取宁静，在目光的锣鼓声中，打通与一条深巷的对话。

博大与日俱增，一脉相承就像名字，深埋进泥土，绚烂的季节，通过嘴唇约会，还在继续的诗句，秋光掩映下，窖藏的味道，越来越浓，满足两旁的道路。

## 三

结伴金色是一种欣慰，每年都有的幸福，攒动的果实挂于枝头，与浅薄擦肩而过，目不暇接的景物，令我一生都在回顾。

从阳光的火焰下穿过，傲然的雪山在白头中相遇一棵雪松，爆破的雪崩把胸怀袒露出来，我的歌唱在一夜之间漂白，如云朵的灿洁。

## 四

大雪养育的天空，从诞生起，就一直湛蓝，相互的拥抱，掩盖了所有的毛孔，寒冷中的脸颊，在刺痛中微凉。

你我相守在同一纬度，我们靠心跳感应叩问，只有手势在月夜下划开，一道道清晰的弧形。让我念起你那里的寒彻，你围巾里遮盖的目光还能看到月亮吗？

## 五

一只风筝俯视着分立的你我。围拢过来时，我正在预测你的心跳，那是一匹马的躁动，正穿越视野而来。怀揣你的冷暖，那一端的你，似乎更想把呼吸全部传导。用心倾听你那充满活力的鼻息，正在奔跑的模样，被大地的肌肤承载。

你在自燃，把一片天空带给黎明，我相信黑夜里，天空仍然是通红的，扩散开来的寂寞有时被风打破，雪是大地的宠儿，分别把我们一点点催醒。把所有的局促不安掩藏于血脉之中，直至唤起你的自觉，怀揣一片雪一般的梦想，竖起的风向标，远去的炭火灼热我的想象。

## 六

雪水负载阳光，再一次被挡在道口，河面上的冰花，怒吼化作呢喃，滑行的鸟雀频繁地，从树枝上起飞，正午被当成一个故事，在和煦里传诵。

从驼铃敲响早晨的开始，提前到来的风声，急驶过严寒，用一根丝带连接起天空与大地，记忆便倔强地从枝丫上爆芽。

## 七

在山脚垒砌房屋，播撒果蔬，只要栽种，幸福在哪儿都可以成活，河谷上茂盛着草原的鲜花，高原的诺言，兑现时总是热泪盈眶。

发酵的水再往上就是冰川，突发奇想，出发的河流，无一例外地浇灌绿洲，辽阔的田畴，结满向日葵，麦浪起伏之后，金黄便是使用最多的字眼。

# 天山雪水育成的一条河流的源头

从手上散落一张名片，始终被用来分发，雪水的蜜语，突然被云朵拥抱，一分钟都不愿耽搁。

风在四月释放内心的对唱，经过桃花的洗礼满身皆红，以雪线为标尺，雪线以上的水是洁净的，生命的意识在太阳的翅膀下加热，低调之上的高调，涛声化为雨露。

一块高原缺水的手背，伸展胳臂的时候，延长与大地的认知，就这样一直看好两岸的风景，在马灯下与秋收同语，找到的一种感觉无法比拟。

踩碎大地的冻土，开放在太多的现实里，风在水中异常活跃，有时怀揣巨大的不安，多么想与小溪互调位置，逃离雷电的致命的一击，奔腾的梦境，有时恰好昭示世界的寂静。

只在云天相接，停顿在脸颊的漩涡，无可告知的不仅仅是地域性很强的方言，被狂风粉碎的日程表，以高原为中心展开游行，与其麻木地活着，还不如只忠诚于自己的灵魂。在与岩石的磕碰中开启银色，时间的叮嘱，通过一座座不朽的桥，心肺可见的深沉，在很远的地方，等着波浪的闪光，无关乎风沙，与太阳是一种充血的关系。

从脸上挪开孤独的表情，迷惘的世界，害怕迷失，越过暴涨的蒙面巨兽，把太阳拽回故里，一条属于自己的生动，跑向终点，沸腾的夏夜，把白雪的生动寄给明天。在洪流上起航绝古烁今，包括精心架设的岁月，想拥抱夏日的激情，通过鹰的盘旋，神话才能为之神化。

二

雪水的垂涎，跌落山坡，每次颠覆自己，似乎都在纠正一道偏差。背负无声里凋谢，局促不安中，雪水用针眼，开始透视世界。感受野性的驿站，冬天的花朵，倒在血泊中，所有故事里最洁白的部分，被无数个夜晚放大在星空。雪水在白天从不会躲藏，熟悉的奔跑洗劫一切，走远的大雪，很快被姿势很低的雨代替。

风沙粘贴于大地的睫毛，把一切过程掩埋，甚至本身就是大海的大雪。归零的大雪，不时拨动山峦，俘获太阳巨大的头饰。留在嘴唇的呼哨，在春天之前亮起一道灯火，想拥有更多的色彩，掩护内心粗放的心情。

三

使云朵变节的雨声，绑架了没有界限的天空，在高原祷告，跪姿中敢于发出河流的节奏，一阵紧似一阵。一堆流星走向远方，像在宣示消失的花朵，被风沙揉皱的河床，与我分享高原的旷达。

从天外刮来，大风擦拭额头，开始枯竭的远方，已有预兆的雪走着弧线，在高原的缝隙汹涌地觉醒，以奔跑的速度，完整的体现大地的走向。

露珠上的暖日，已经无法与秋天做友，羁绊在崎岖中的落寞，就算没有翅膀，哼起的长调，一夜之间，普及漂白的湖水。

可视而不可近的天山，洁白在血液里跌宕，被吸收为大地的纸张，连激动也是透明的，大雪的楔子，创造内心的厚度。在来临之前等待之后，我掌握着大雪的要领，故作深沉的状态，重新扫视地平线上，一颗奔跑的心跳，造就明天或者未来。

潜伏在沙海之中，大雪不声不响的言行，至少戳记两种以上的色彩，其中之一，便是阳光的声音在峡谷回荡，引导我与时光较量。

把雪花栽种在自由里，使飘动有了真正的理由，至今都不想询问秋天的意愿，只想达到一场相依相存的氛围，有一个季节被结合得天衣无缝，种子早已窖藏，像火一样放进院落。

## 四

从我的心坎迈过一对一的告白从未停止。一场无法屏蔽的雪，散落我的脸颊，不急不缓，时涨时落的速度，把世界分为两截，一截为灰色迷蒙，一截为透彻宁静，即使在最末的雪中，也无法分出一场输赢，却非要黏住一个不离不弃的世界。

有风相伴，塌陷于雪下的河流，其实最简单的使命，就是将雪水充盈到脚下，与耳畔里的声音拥抱，筋骨毕现的云朵，在天山的表盘承载干涸的土地，一滴清晰的雨，却在酝酿寂静。而我受命于一场奔波，在最末一场雪中行走，并不代表我的心也被泥泞软化。

# 正赶上一场大雪丈量高原

## 一

一场有力量的短跑，伙同一阵风，吹开的历程，正赶上一场大雪，丈量天穹下的高原。我与雪混合在一起，裹紧胳臂与双腿之间的距离，最初的雪和最末的雪，驻足于一个世界，白色的房屋是安详的，催眠的大雪，分享着星光。听命于风裁决无法确知源头的大雪，钻进大雪时的喜悦，连同拉到我的眼前，半坡一望无际的世界。

一场大雪矗立起的旗帜，即使在夜间，也无法掩埋住粗犷的感觉，躺倒时承载的苍白，置换成失重的月光，飘满了整个天空的缝隙。

## 二

从左至右，手指撬动显得低矮的树木，折叠起来的道路，重合成一条缝，天地集合在一起。风在落魄时，仍在挺起脊梁，而我的放纵，在毫不知晓的情况下，走进大风敞开的胸膛。在一场大雪中，遮天盖地也许是最能达意的爪印，生怕落在一场大雪之后，被吹落的尘沙，有一堆从发际线升起。

只想缩短与一堆篝火的距离，灵魂所面对的风沙，粘贴于大地的睫毛，能够预期，雪水在白天从不会躲藏，敢于发出河流的节奏。

## 三

我不想等待雪化时，泥泞漫过我的脚踝，迈向旷野的跫音，捡拾潜伏在泥土里的气息，雪早已在我的脊髓里，像呼呼的大风，擎起行走在泥土上的光点。

大雪擎起高原，接近鹰的头饰，一对一的叠加，使雪山相互扭打在一起。

和所有人作战包括四季，无法摆脱的飘带绵延不绝，一直堆砌天空的缄默，大雪凸显的锐角，从眼前插向云峰。

## 四

与天山的联袂早已不是什么秘密，镂空的岁月，眺望穿过隧道，在质地柔软的雪国来临时，把天山看作一颗泥丸，在世间生长。

许久才被提起，推杯换盏的大雪，由内到外的气场，远没有结束，大雪中的信仰是圣洁的，高声诵读里庇护一种家的感觉。彼此都能在心中，称出雪的分量，接纳我的雪花丰盈，并在我的心里高矗。

# 每一座男性的山都有一条女性的河

## 一

只要你打开世界地图，就能看到一个妙趣横生的现象，每座山的脚下，都有一条河——喜马拉雅山有雅鲁藏布江、黄土高原有黄河、阿尔卑斯山有多瑙河、乞力马扎罗山有尼罗河，相依相恋，构成了一个和谐世界。

山把一切男人的形象活化在大地上：或劈立、或奇伟、或险峻，每座山都像是一位男子汉，一领取热情的出生证，就成为世界的主角。

隆起的山岩，活化成男子汉的骨骼；绵亘的山脉，演绎成男子汉的脊梁。岁月的风沙，雕琢着山的缄默和刚毅，盘旋长空的飞鹰，是山拔节的呼喊。山的额顶，成为人们叹为观止的顶峰，而感动、沉重和深刻。

唯有这雄性，才能吸引河流匍匐而行，软化成女人的温柔，流成一张涛声浪语的眠床。

唯有山，才配享受：博大、伟岸、雄壮——这混合着雄性与野性的称呼；唯有山，才堪称男人的楷模和标准，作为有血气的男人，才可以毫不逊色的承受。

站在你面前，男子汉吮吸着你的精血，摄取着你的气魄，恨不得把你的肋骨揉进身体，因此，每一个男人，从孩提时起，就开始接受这种训导，接受熏陶、内涵和示范。

沙漠的广场，每座山都统率着岩石的兵团，展示与天空角斗的膂力，从身后包围的飓风，涂抹雄性的肤色，而阳光的刀子，从四边，削出伟岸，干枯的雷电抛出热情，桀骜不驯的誓言。

一切男人的目光都在奇峻的陡崖上庄重起来，那是一种向往，逼迫着男人的雄性基因扩张成征服；一切男人的神情都在曲折盘绕的山路上严肃起来，那是一条人生的路，融进了男人骑马走天下的豪气和体验，于是才有了“宝剑锋从磨砺出”的这句只属于男人的格言。

呵，男子汉一样的山，山一样的男子汉。

## 二

每座男性的山，都有一座女性的河流绕缠——青藏高原有长江、黄河，乞力马扎罗山有尼罗河，塔里木河在天山脚下盘桓。那是天山雪水汇集的结果，浸润着沙漠绿洲的干渴。夜晚的帐篷下，河流是山的眠床，被月亮软化的河流，尾随着簇拥雪山。

河床的呻吟，把骚动的水声，牧放成女性的烂漫。流过岩石的脚趾，温馨诱惑着粗犷，水声游成轻柔的企盼。

一种挚爱找到的形象表达，剪不断的流水拍打峻峭的山。贞节起源于细流涓涓，倾泻钟情的灿烂。泛动红晕，等待受孕，一次次内心的苏醒，吹奏起永恒的忠贞，溅响山崖的回音壁。怦然伸展温暖，湿漉漉的触角证明——靠柔情取胜，才配佩戴女性的桂冠。

整个世界因这份依恋，维系着和谐的平衡。塔里木河在天山的身旁静静流淌……

# 抵近雪山

## 一

一轮沉默的太阳，籍贯填写沙漠，唱遍高原的旋风，用真实阐述生命。雪水透支了大地，远方有真实的水滴，一直都在固守城堡，让我垂涎。看日出日落，在天空的母腹，却在很远的地方升降，河流的钟摆，像凌晨六点钟的样子，大部分时间是动感的。

## 二

任性是一种扩张，奔跑的落日中，雪水开始流浪，一次生命的迁徙，最壮观的生命游走，有一种愉悦叫仍然相见。山峦之上，荆棘丛生，寒冷，始终吹起皑皑北风，我的幻想被惊醒，抵近雪山，寻找纯净，搭建一块净土，有一半是我的信仰。

## 三

在目光能及的地方，一夜之间放大数倍。季节的骄子，一生都在奔波，及至从天上到地下，透露的消息，满地都是凝重。凝固的皱纹，有时不得不化作一股暖流，银色的黄昏西去时，太阳在摇动，延拓天空的秘密，被一再提起。把一条河流捅穿，大雪落满星光，一种漩涡和另一种漩涡的接近。

## 四

雪花拍窗，架起的一座风琴，始终是一种情调。大雪飘起时，每天要与我握手。挨近肩膀，把我的心思搂紧。大雪喜获丰收，河流上方的空气，芳菲沁人心脾，从山峰上碾过，拍打我的目光。阳光升起，熄灭的灯火刹那点亮。大雪把持的生动，直逼自由，把一抹黎明留在身后。

## 五

只想握着你的手，在风吹雷击中成为邻居，耳畔飘动的河流，寻找野性。头顶张开翅膀的投射。摇动阳光的铃铛大路开始闪现，巨大的身影，被拽向旅途，与太阳是一种轮回的关系，一种神的语言叫读懂山和水。

## 六

站立起来的云，与瞭望互换位置。以引起土地的关注，与喘息一起放飞，始终都在发出玫瑰色的颤音，想着注入发芽的历史，与神秘和缄默抢占天空，被冻住的翅膀关注堤岸。

与果实簇拥的故事，纷飞中载着我的名字，杏林、桃树林成为宁静的水乡。雨的绚烂和暴涨，不影响我们的互识，一切都在经受幻想，有一层黄土终究会成为掩体，大西北是高贵的注释。

## 七

背着自己的声音，随行于世界，泥沙的呼啸，云是匍匐着的信徒。从石头的路上，识别风景，沙枣花弥漫的空间，走向远方的足印，游行的火把，自在地伸展于风中。

紧盯着日出和日落，脚趾深陷大漠，驼峰上的冰峰一动不动，阳光是攀爬岩石的利爪，在丛林碰撞。没有可供选择的邮路，坍塌的遗址，驼队是缓慢的河流，把荆棘高高举起，只有开口歌唱的时候，才是彻底的释然。

## 八

有一股寒流风狂雨骤，下一站便是雪峰，不关乎脾性，沉默不语的样子，行走的姿势，却始终拥抱着温度。每一座山峦都在接住大雪锻造的天空，谋面在雪线之上，被雪水照亮的日子，先知先觉中，风暴的流向，被放大无数倍，从隘口升起的晨曦，仍在奔走，在某一个节点，凸显的阳光下如此灿烂，一直指望撞针般的马蹄声，把野性留在高原。

## 九

在一念之间遁形大雨的常春藤，攀爬在一道道山峦上，比画着云海的行走，眸子里展开所有风景，与犁铧翻起的土地。与一座高原的距离如此之近，咫尺间回头的刹那地下的花朵开始飞翔。通向天山的栈道，任意想象中的雪水，测试着流经沟壑的速度，在奔跑中摆渡太阳。最先映入眼帘的峰峦，与雪线合拍，裹紧银色的外衣，一以贯之地证明系出非凡。

# 高原雪山

## 一

从空旷峰巅中走过来，风景是开放的，岁月并不丑陋，一切都与岩石、沙土、大漠有关，隐藏于皑皑白雪中，时光是腥咸的，不是随便废弃的白纸，与沙漠为伍显得粗犷恢宏。

## 二

当大风吹起时没有躲藏，迎着雨雪扑向被沙粒搅动的天空，一座山就没有倒下的理由，一块岩石，虽然无法避免粉碎，但一直会坚持，直到伙同其他的石块挽成臂膀。

在自己的世界里，呼风唤雨，从小就熟读先人的祖训，同样适用优胜劣汰的丛林法则，从不干涉别人的一切，也不允许别人剥夺，独立于这个世界的力量。

## 三

大风起兮云飞扬，屹立不屈，先辈的传说让我沉醉。沉沦崛起，英雄的传奇令我热血沸腾，有一种豪迈。被发现被挖掘被发挥到极致，却害怕自己的心灵生出荒凉。

等待只能耗尽终生，而跃起才有可能绝处逢生，多少次都做好了牺牲一切的准备，生长于不断的忧患和没有迷乱的信念。越来越有力量，留下行走和奔跑，在前面永远有远方。

## 四

没有理由叹息，不再抱怨只有寂寞相伴，希望是有的，但需经过干旱，被春天废弃、被土地囚禁，却从未拒绝生活的馈赠，但我的灯光始终没有熄灭，无数的风声雨雪我都珍藏，冬天馈赠的银色分量那样厚重。

从没给自己留下些什么，逼退狂风，信心来源于矗立和倔强。

## 五

春天蹒跚地穿过大山的喉咙，犹如大地绽放的雪莲，戈壁中大地上最亮丽的风景，开始生动、丰腴、茁壮，河流溅响两岸的峭壁，树木立成葱茏的城墙。

从小就掩映在风沙里，却毫不犹疑地将自己插进土地，将秋天吸附到血液里，我的眼前就有最好的敞亮。

## 六

明月是一扇天窗，雪峰是多少心灵想要栖息的地方，壮美是一种熨烫，温暖人们的心房。

练习美好的发声，不在乎别人的看法，寂寞中所有的歌声都是天使，天使不分好坏，都长着翅膀。

## 七

挑选最好的时光，还会来到塔吉克人身边。高山与太阳的关系，雄鹰与风声的故事，凸起的城堡，与浅色的绿洲的主题。栖居在高原之上，太阳的红痣，长在高原的额顶，骑手是太阳的向导，负责站立山头为太阳扶旗。夏天是大山的屋顶，高原自己将雪冠摘掉，山脚下的河水，一路上摇晃自由，没有驿站可供歇息，雪水到处流浪，并开始温暖每一公里。

山风中的麦穗谷粒，在告别泥土，杏子、桃子经雨水的洗礼，开始结满丰盈的果实，让我垂涎。雨水莫名其妙地停止，但地里的收成，照样醒着、照样润滑，稔熟时我却不在地里，多么希望曾经拥有的丰盈再次重来，收割与扬场，婚礼与丰收庆典同时开始。

大山的臣民，爱在傍晚，寻找落日的篝火和月神的传说，彻夜不眠，神话在星空月光之上拥挤。他们与雪山相伴，与石头相依。

大约在夏季，挑选最好的时光，还会再次来到你的身边，轻声拍打山脊。

# 第四辑 草原与河流

# 我用一生赌一块草原的繁盛

## 一

风煽动云朵在草原上革命，坚挺的山羊带动一群队伍，高举剪刀，解放柔弱的草原。

在风中昂着头陡然出现，马群在山崖竖起无数张弓，与雪山生死都在一起，草原的认知能力极强，墨绿与橙色之间的距离，被一块明确用途的词语放养。

向草原的露珠致谢，草原的基因在新陈代谢，入列沸腾的马群，孕育和躁动是两个轮子，交替碾出车痕，徜徉在草原像奔跑在星海。星星点点的羊群，视草原为坦途。代替四季漂浮成舟楫，膨胀草原的无边无际。草原是花海最大的单元，以马队和牛羊的形式向恒态进发，一切征程，都把草原的意志架设在长方形上，完整举过头顶。矩阵的雨中，草原是一尊卧姿的巨佛。我用一生的性命赌一块草原的繁盛，草原的每一分钟都带着旺盛的翅膀。

## 二

一场大雨过后，自持宁静的草原与风声聚会，逼迫出栏的马群吹响蓝色哨音。一块蓝色符号，一块浓缩的地域，生动倒伏在地上，大尺度的动作，划开长满蓝色的大地。日出穿过雨幕，掀起的风，无论营造什么心情都是一种狂欢，河谷一片灿烂，纯洁的蓝色被视为一粒种子，行驶中的草原活在跋涉里。草原的脊背，穿进雨水的靴子，高原便成为水乡。光芒四射的雨点属于云朵，把月亮搁浅。

草原没有边界，转场的道路是天梯，驼队翻越大山开启蓝色的声音，惊醒显得矮小的天空。在河岸留下的脚印，迫近大地时，在蓝色之上搭建帐篷，往往意味着接近春风，相互映衬的雨水，催情了草原。白昼不会熄灭，总是握紧深沉，等同于品质的东西，永远都是一种榜样，献给大地的一块方言。

## 三

大地的肌肉凸起自如，挺直了山脉，草原的蓝色富有弹性。把一片蓝色带进空阔，在视觉之外，草原繁殖更大的雨水。一直都是最好的蓝色，草原的直径绵延百里，把旺盛夹在鼻腔，忠实只施舍给牛羊。与大地联姻，幸福的草原，在一场风里腌制泥土的芳香。

# 转场的时光

太阳升起后，牧人的鞭子，从山顶滚下轰动，路始于昼夜，燃起对一片丰美草地的诉求，可视而不可近的天山，在第一场雪中，分解着马群，牛羊和驼队的汹涌。

天空下的一队蚂蚁，与布阵的云朵相似，草原的因果关系，把空中和地上的草场梯次转换。在风霜雪雨中鼓掌的草原，就算没有翅膀，马背上哼起的长调，也在暗自接受一个使命。乐此不疲的迁徙，聚少离多的草原，牧人和牛羊都在驯服自己的胃，值得寻找的日子和地方就在眼前。

马背上奔跑着牧人的家事，踩踏一块草地，足以让牛羊了此一生和丰沛一生，归于脚底的草原，总也走不完，熟悉的路和熟悉的时间，使出壮士断腕的狠劲儿，滋长动物的本能，只有牧人英雄般的胸襟在悄然诞生。

牛羊以奔跑的速度，暗示所有的风景都与山峦和草场匹配或长或短，或急或缓，一个或者更多的梦，以自由为逗点，并不存在一劳永逸的停滞，大地却在盘桓中与时间同步。

草原的断代史，一场不软不硬的革命，从我的眼睛里不断延伸草原的事物。

# 我在草原迎接雨雪

## 一

在雨中缓慢生长是草原的另外一种节奏，看不清牛羊的背影，马群却在雨中与草原互动，有风有雨的空间，几乎所有的日子都在奔跑，蜿蜒的雨水，大地的影子，嘴唇触碰峭壁，直至把天空掀翻。

草原一再接受礼物，连绵的雨垂成子弹，让一座峰峦坍塌在眼前。

## 二

大雨在秀肌肉，在风中别着紫色的头饰，把雨水插进泥土，为草原灌肠。与花草交配后，递交一份世纪宣言，一再显示大风中的坚守，令草原无比丰满，直至把草原织成眠床。

一片雨点迅速变成一只鹰，一个人的航道。牧人却还在使劲挥舞鞭子，犹如弓背的工匠，雨水卷走马背上的孤吟，拽出肌体里的温度，无法留下脚印，没膝的草浪，仿佛草原在飘荡。

我的影子以及在心里落座的雨也就随波逐流，加入了缓慢和急速的行列，太阳突然砸进毡房，温暖了我的整个下午。

## 三

太阳与雪山成45° 角，突变的姿势或面孔，相隔一道幕帘，飘扬的雪花，恰好证明天空的狭小。雪在冬夜喘息，苍白降低声调，冰峰下的毡房，依偎于大山的阴影。姿态很低的雪，落满天山，弯成铅块。闯进草原上的山脉，寂静里擎起一盏银灯，山坳中的日子，雪花似鸟儿整日飞过。草原潜伏在锦被之下，裹走遍地牛羊，以金黄落地的太阳，被雪水溶解。

暴风雪，低沉而洁白，疲倦的牧人，骑马只顾埋头向前，在肩上，牧人的鞭子在空中划开圆弧，却已经无法拽动一座峰峦。

# 哈萨克族人

## 一

生于草原，因为草原，烙印着草原的肤色性情，等同于牧人。男人都是驰骋的，太阳升起的时候，大地颤动着，马群开始奔跑，马背上立着一生和嘶喊。

最浩大的草原和最崎岖的山路，把日月从这个山头驮到另一个山头，白色的毡房在马背上撑起又放下，四季也就在马背和驼背上点亮和暗淡，无论是否长草山脉都被踩到脚下，牧放和转场，是挥在手中的两根皮鞭。

在接生的时候，女人是忙碌的。她伸手接住幸福，草原开始沸腾起来，云杉下用纺锤捻着羊毛，一团洁白的梦，从此离不开她的眼帘。马蹄声脆的黄昏，男人好不容易醉到一起。篝火是天边的玫瑰色，整晚都躺在马奶子酒中，毡房内的鼾声早已入眠，奶茶仍在熬煮，月亮正好在山尖。

草原是伸向天堂的道路，冬不拉负责弹唱欢快和忧伤，在牧民中上演了几个世纪，感动着草原，也吸引着我，让我认可纯朴、憨厚、结实、剽悍、勇敢，也永远怀念草原的阳光和蓝天。

## 二

大雪沉闷而有力，高原绷成一张弓，弹射出的太阳，热烈而持久，在牧人的手掌轰鸣，来自雪水的救赎，使受孕的阳光，一再坚持奔跑的愿望，突然做出拥抱河流的样子。

在鹰语和云朵之上，听见寂静爬过的痕迹，拽出毛孔里的温度，到草原的直线距离近在咫尺。

风中的天山，与大地藏着某种对峙，雪水打开闸门咆哮的程度，接受种植的力量。我在高原的脊背，与一朵成倍增长的云相随，大雪飘落时，我正做出骑行的姿势，马群缓慢的动作，在谷底是一队蚂蚁。

鹰伫立牧人的肩头，眼罩下的警觉，仍能搜寻到丛林中金色的狐狸，牧人的肩头在草原滚动。一群峰峦在矗立中，推醒云朵降下半旗，顷刻间的坍塌近在眼前。在松林表面，接受一座山峦的对话，雪水被注入阳光后，拨动汹涌的表情，足以使喧腾尾随。让一座山在风中鼓掌，提取高原的脸庞上深藏的寂静，在额头上留下一片草痕。

大雪酝酿的寂静，是无人知晓的谶语，马蹄是凝固的，在风中的模样，直立雪峰之下，被羊群养大的草原，会有一种放大的风临摹太阳，连接起所有碧草连天的想法。以大雪示人，草原的宽度，在掌灯时点燃，有一座毡房仍在向我靠拢。

## 三

裸露的云朵，坦然于连体的高原，雪白的牧道直通草原的边界。漫山遍野柔软的质地，草原是一部词典，被大雪翻阅，发亮的篇幅中，睁开潮湿的双眼，生动结在树上，滚烫的雪零落在月色。

雪水卷走马背上的孤独，草原的微笑是一片蓝色的情绪，雪打湿所有帐篷，连同响亮的露珠，潜伏在锦被之下，大雪粘住太阳，坚硬如石，削亮一线天上的峭壁。出其不意地握手顾盼，喜欢在马背上的感觉，连歌唱都是自由的。

# 牧羊人

## 一

骑在山腰，被大风的线绳拽着，像皮影戏里的人物，用马鞭狠狠地抽打着暴风雪。一生都是白天，牧道首尾相接，径直穿过四季，满眼风声，像铃铛插在头羊的犄角。

从来没有标记在地图上，马蹄磨穿的路，只活在你的脚下，大山架起篝火，临睡前，在胃里反刍寂寞，总盼望一盏马灯。挥舞马鞭，将牛羊驱赶到云端，甩响套马杆，足以套牢整个草原。

牧羊人是匠人，手上浸润花木的气味，还在花开时节鞭赶牛羊。大地的开阔之外，草原是一件不容易忘却的雕塑。

## 二

一道洪流，驱赶马匹。牧羊人把时光交给了揉碎的马蹄声，畅饮漂流而下的雪水，黄昏是脚下的归途，一碗马奶酒与奶茶的诱惑。

高原是矮小的，很低的月光，只露出一盏灯火，便把你遮盖得严严实实。

太阳月亮掀起的狂热，缓缓地泛绿，进驻身体里的牧歌，高亢嘶喊，在快乐和死亡中，传唱苍生不老。沿着山坡和有汗渍的地方，赶着牛羊一路小跑，在很长的地域内，不经意间就显露一堆胡须。

# 在草原翻身上马的动作

## 一

在草原，惯常的动作是纵驰，生动无一例外地，传染到了雪山脚下，落进草原的泥土，偏好一块花茎上的命名。

翻动飞扬的尘土，牛羊是通行能力很强的云朵，任一次次迁徙，朝向离天堂最近的路，落地的鹰影，落石从山顶滚下，稀释掉峭壁的阴影。

## 二

骑在马背，即使没有指令，马蹄也会刨醒草原，从牧人举起马鞭的那一刻，有一种力量能够征服一切，翻身上马的动作，也把我的血液点燃。

## 三

从山顶到山脚的绿色地毯，春天和秋天滚到一起。大雨中受到惊吓的马群，把长嘶留给一道山梁。马背上的太阳整日都奔驰，奔跑时看不到天空，因为天空也在颤动。

马蹄的声音，泡湿我的目光，醉在草原，就如同醉在海上。

## 四

远峰刺破青天，雪山是矗立的马阵，被风扬起缰绳灿白的额头，一块草甸接踵而至。大地恩赐的杏花雨，被打劫之后注入河谷，草原撩起裙摆延伸四肢，直到天涯都比邻着太阳。不肯露底的一道哑谜，最低的要求竟然是，涌动绿色的流血，生长雨水，丰满就是底线。

在草原的日子，目光便从润泽开始，灵魂始终贴近一面躺倒的海洋。

我与大地的结合径直走向心底，总是偏执于山水，隆起和倾泻始终都与草色依傍。随便捡拾一块草原，都比天空巨大。

## 五

夏牧场，高原是矮小的，牧人的目光带着野性，把草原分割成几块，倒背如流。暴雨下，马的眼睛是坚毅的忧伤，沾满雨水的四蹄，照样日千里水起。牧人呵，从不奢望离开草原，只要有馕和奶茶，就能走完迁徙的道路。甩动长鞭，吆喝声似天空中炸响的惊雷，深沉的草原，升起炊烟时，默不作声的草原霞光四溅，牧人的目光，擒着牛羊扬长而去。

再来的时候，我的目光也被牧放，随着牛羊走向远方。风起草动，草原催眠了我的目光。

# 我站在草原听风

## 一

最初的动向只是一瞥，随便捡拾一块草原，都比天空巨大。

此起彼伏的春夏秋冬，开心与牛羊成正比，风吹草低的海洋，前提是在七月。太浓的草叶和太短的夏季，总也快不起来的季节，草原就是最好的例证。

风的作用，一再延长草原的宽度和长度，所有的出发和到达，与草原握手的力度，都表明一见倾心。草原是活着的天堂，嗅觉与行走是必备的两个工具。

草原属于云朵，成群的马匹和牛羊，与天空相互为犄角，茂盛是七月发育的结果。从山顶到山脚的草原春天和秋天滚到一起。马背上的太阳整日都奔驰，在草原的日子，灵魂始终贴近一块块草甸，径直走向心底。

从牧人的脚下蹚过，雪像猛禽突然而至，一动不动的牛羊，从远处看去，肯定是各色的石头；湖水吸纳天际，延深了牧人的目光，把湖水绣在领口，幻想的触须由此变得柔软而又坚硬，一种恬淡的心境，给河水让路的羊群，抱成一团卧在一块石头旁，俨然是一团暖意。牧人与鹰心灵相依。

## 二

等待大雨沐身，存活率极高的草原，走出春天，显示出凹凸的丰厚，鹰是草原的风铃，把目光撒向草原之外，牧人在肩头操作鹰的姿势，手持一只铜哨，上升的动感，只能靠黎明点燃目光。

从两个方向劲吹，风深入草原的腹部，繁花似锦和银装素裹，草原的头饰是滚动的，与一片天空对接工笔画。

突起的缰绳，握在峡谷之手，银亮的大风，从天而降，竟然向雪山伸出一支笙箫。在夏日与草原的多个侧面汇合，我的瞭望与迈步深入浅出。

让草原沉醉的唯一办法就是，从篝火中摄取星光与雪山席地而卧。

## 三

被风声击中，草叶的气味一直往下滑落，涉水而来的黎明，握手的环节，直至看到隐秘。紧俏的大雪，从山后更加精致地飘出，落在草原是一种时尚，像枝丫举起目光的清亮，无欲博大和精深，抚摸到的世界，比看到的更亲切。

赶集般重逢的两条河流在潮湿的春天里竞走，连同轻盈的憧憬，折返的河流，说走就走地翻越，往毛孔里灌注纯净的雪水。从一而终的愿望，总是留给尖锐的河流，穿过喉咙，在柔软的翅膀中呼吸，阳光的阶梯，占领雪山巨大的屋脊，在心里肯定是省略号。

草原的情欲，风筝潜藏在掌心，生命的滋味，如同花香，收缩怀抱里的平凡，丰收在肯定一切季候。最先看到天空与孪生的土地，挑选适宜的词句，接近洗礼的雨水，每天都在响起，从根部爆芽的心情及足印，开花的温度，在冰雪之上展开。

接近一块花园，树木太深的呼吸，在指间倾泻未知的道路。始于昼夜的河流，在信手拈来之中，总有源头，悄然诞生的灯芯，四周都是最慢的扩张。

## 四

从马不停蹄的雪中闪过，属于草原满山遍野的服饰，一朵一直开放到天边的花朵，乘着草原的花轿，一生一世，总也走不出草原的怀抱。

风掀开草原的盖头时，羊群便开始欢腾，滚动的火焰，照亮大地、河流和村庄，身上沾满，草叶的气息和金黄的麦香。把跳动的亲切、温和、暖意传递给我，连同凝目，凝视中还有许多传奇等待绽放。

总在某一刻想起，总想触摸白色的柔软，让天边的花朵也在我的心中开放，把乳白色的梦想，统统揽进心头——惦念远方，草原的动感，从我开始，从起风的那一刻。

明天我要掀开羊群的盖头。

# 秋日草原

“十一”长假我们向昭苏草原进发。虽然错过了看草原的最佳时机，但还是想看到真正的草原。沿着山路行走，草原山峦，一直与我们为伍。

远处的雪冠银色闪耀，山顶阳光灿烂，山腰一片铁青色，脚下则簇拥着金黄色的树木和河流。挨近河流的树木是翠绿的，离河水较远的树木则有点枯黄，河水漫灌到的地方形成了湿地。

草原是有层次的，并且层次分明，无边无际的草甸从山顶滚落到山脚，发青、发绿、发黄。草原是兴奋剂，不断给我们带来惊喜。

早晨的太阳从云层中慢慢蹦跳出来，由浅红变成深红而后惨白，清凉弥漫，湿气中始终飘着一股牛粪味。

正午则是半湿半干燥的。从草垛往上，阴灰的天空，铅云翻滚；从密不透风的林带，传出果蔬香甜的味道；从道路两旁，草浪吹起口哨，口哨声此起彼伏。

黄昏的草原是活动着的，牧归的牛、羊、牧羊犬在蠕动。山坡上，白色、灰色的石头与羊群混在一起，很难分出哪是羊群，哪是石头，只有羊群活动时，才能够分辨出来。此时看到的能被称为马的，只有汗血马、天马，被圈禁在赛马场的圈栏内，高大的身躯不停转动着，如一团未被释放的火焰，仿佛在说没有马的草原不能算作草原。

雨有时像猛禽在草原突然而至，又像奔腾的马蹄声，不时地沐浴着草原。

在雨中鲜润如初，昭苏被打湿了，如一棵硕大躺倒浑圆的苞米，被我们从远而近一层层剥落，每靠近一步，就像剥落一层谷穗。直至露出金黄的芯。

昭苏草原的春天和秋天是连在一起的，一年四季都在发生着变化。褐色、翠绿、金黄、银白，生生不息，周而复始，与狭隘、与闭塞、与死寂无关，只与辽阔、激情、活力发生着关系。

行走在草原的月光里、阳光下、风雨中，随风吐出不快和蜗居城市的憋屈，感受深沉、深厚和深远。草原，拂动着自由如风的灵感和饱满欲涨的成熟，让我的不安于现状的心灵在绿色和金黄之间游动休憩。不想止步，想一下子把草原走遍。想标示草原上所有的附着物：河流、毡房、树木、石人、牛羊、山峰，也想拴住时而晴朗、时而阴凉、时而蔚蓝的天空。

我想把草原一分为二，一半留在大地，一半带在身上。

# 伊犁河谷

太阳被准时敲醒，空中的蝴蝶由远而近，降落很晚的天幕，再也不可能退却，我已不在乎空气打着寒战，绵延凝固，透迤奔腾的马群，奔驰东西。并列地嘶鸣，时针指向9点钟的方向。

把一地的油菜花、薰衣草、稻尖上的清香，留给浓荫下的一片苹果树，夏日绽放的历程，聚集于一场聆听，挑明与河流的渊源，阳光是河流的纤夫。

只有忘掉荣耀才能彻底释然，长此不绝的风坚持是一种宿命，用生命庆典灵魂的归天，吝啬的岁月是对弱者的掠夺，腥咸的泪滴中，梦想不是随便废弃的白纸。

大河经过洗礼，草木丰满，似落非落的雪，湿地上的硬币，有分寸的温度，在星空下翻开正反两面，马不停蹄地造就天空的高度。

# 塔里木河

## 一

一张锋利的巨帆，展开网状的云冠，把乌黑的雨云撕成碎布，穿透天空的蔚蓝，撬动沉睡的大地，生命被一直牧放。

驼铃般的响声贯穿昼夜，就像憋足了劲儿，焕发出巨大的能量，谁也阻挡不了摧枯拉朽，令日月星辰为之浩荡。

一路上，总在眺望，求助黎明赐予成吨的阳光。进入夏季也就进入了生命的季节，雪水像银色的长箫，穿过喉咙，发出喜悦的欢呼，雪水受到鼓舞，一路奔泻，一路奔流，倾泻银亮，巨浪咆哮。树木更加葱茏，清晰的绿色如洗般悬挂在远方。

一行强力行走的每个脚步，都在荆棘之上，血泪之上，寂寥之上，空旷之上。孤独的梦衔着冰山雪莲和天空明月，在胡杨树、红柳树下踟蹰，但即使坎坷如墙、羁绊如山，也要腾身飞纵，随着波涛起伏，直插远方，直逼苍茫。

## 二

沙枣花掀起飓风，穿过春天的甬道时，脚趾踏入一块切分均匀的麦地。盛开于腋下的桃红柳绿，把幽香分享给奔涌的每一秒钟，与大风或大雪同在一个海平面。在天山的骨髓上，搀扶住交替的晨昏，把雪水从河道中放飞，一路向东的云朵在夜晚到达，迫近时吹起呼哨，多浪河流淌不眠。

河水暴涨在黎明前留下张望，最先映入眼帘的雪峰，升降的脊梁，用力拱起大漠之上的云朵，以痛苦穿针引线，不断发起的冲锋，变换着各类姿势。

## 三

在大沙漠的血管里涌动，迎面扑来的荒凉，开放了我来到这个世界的第一道风景：

风和沙子裱糊着灰黄的天空、杳无人迹的狂野、炫目的阳光，逼迫受伤的鹰，栖息在突兀的肩缇；阳光的刻刀雕琢着大山的皱纹，在天空写满了密密匝匝象形文字的乌鸦，宣布着一个似乎不可征服的神秘。

最粗壮的血脉，纠集着青春和野性，把骚动的蹄声，牧放成倔强的波浪，古河床已无法容纳肆意奔涌的潮头。如血脉摄取大地的坚韧，在大西北的身体里流淌。波浪的利刃割裂旷野的沉寂，绵延的脊梁拱起摄入晨昏。

大西北便有了一条咆哮不竭的声带，从这出发的轰鸣，使解冻的声音地震般撬动沉寂的冬眠，令日月星辰都产生惊惧，代替了无数个世纪。

让生命经受一次长长地颠簸，浊黄的液体汹涌地追逐着日出日落，即使选择航道注定要搁浅，掩饰痛苦，我也决不借助黑夜。

让古河床承认我们的命运靠自己掌握，跋涉于坚实的河道，双桨支撑着生命的杠杆，远航的船队，整版整版地印刷着我的歌唱。从此，骑着驮队的马铃声、吆喝声、舀水声撒满了装饰着日出景色的大戈壁。

我喜欢通过峡谷的喉咙响亮的喊叫，在亢奋的山风里，等待回声，未经磨砺的感情，粗犷而豪放；我的思想从来没有疆域，从大地汲取亢奋，一股生命的热流，躁动着不安，配合着墨绿色的主题，一块行进。

我摆渡日出，太阳在黑色的云层中分娩。

从此，我的脊梁便爬着一个绿色的太阳，经过我的注射，贫瘠的土地开始红润，森林——没有屋顶的宫殿，绿意葱茏，大自然在绿色中化妆。

谁也不敢相信，在鸡形版图的尾部，属于最粗糙的土地，以出没于大戈壁闻名于世的河流，正涂改着世界。

# 伊犁河

溯流而上的船只，在夜雨下闪烁倔强，较量狭隘封闭的自我，在迷惘的世界害怕走失，不确定地眺望，一再揌响汽笛，所向披靡的狭长中，享受明快的自由。春天的野性从河底升起，从胸膛上翻过无数的峰峦，走在一条潮湿的空谷，忍耐咆哮和断流时的孤独，风雨中的幻梦和灯盏，惊飞成片的野鸭，却再也没有可退守的地方。太多的奢望，用不着去猜想痛苦的瞬间，被赋予船帆的力量，通透性很强的梦想，河床就像种子，在沉默中觉醒，淌流在河底的蓝色格调，快速滑落中开始属于自己。

除了河岸两边的风景，我什么也没有留下，放飞中的希冀从不胡乱播撒，麦浪竖立起来的时候，长满胡须的脸上，却不时露出一丝隐忧。与大地的沉重每一次搅和在一起，总在银色的掩映之下，把我交给一部秘籍，在秋天我知道孕期的到来，晨昏之间的痛点，丰沛的血脉，一再被日出掂量。从零开始的步伐，掌管丰歉，被鸟语簇拥到田垄，就无须说明奔涌的意义，黑暗里的跃跃欲试，河水的旺盛不只是背起行囊，在延长的默念与对视中，天山扎进我的心里。

引来鹰群的伊犁河谷，潮湿的橙绿，有助于顿悟，从来都是神圣的。在鲜红的夏夜，让我注定专一。赶集似的牛羊，过于太近或过于太远，想要拥抱的树，举起一轮无边的月亮。

绿色马群，一蹴而就的峰峦，与我并列行驶时，倒伏着对草原的忠贞。集中莅临的雨中，在绿色引领下，却恍若隔世。

端详胡杨

# 与一条河流的相识在夜里发酵

一

早春的气息有气无力，解禁的风沙，射向大地的箭镞，雪水滴答的混响，与扇形的飓风互调位置，驶离或者驶出黑夜的影子，一再掩映风沙之下失重的峰峦。

每一块顽石的肌块上，软体的脊椎，背负一粒火种的歌唱。手植一朵雪的玫瑰，直视杏树下云朵的脊背，俯仰之间视缩首缩尾是懦夫。

二

月光沉降的缆绳，与聚集的波浪同眠共舞，冰层下的冷峻，汹涌潜伏在喉咙，牙齿雪白的河流，行刺大地，在大雪的排筏之上，被玉米小麦主宰的河水，栽种着我的灵魂，连续受孕的时刻，引发的动荡，俾睨一切风暴的肆虐。

三

不想与一场奔腾擦肩而过，之后的执拗几乎达到顽劣，从尊贵中体味闪电般的自由，总会加以隐形的翅膀，手脚从来没有被反绑，命运在捉放间，早已是无规之矩。

## 四

只等待着爆发，积蓄了一个冬天的力量，脾性与风沙一致，居然撞裂一座高原，让积雪变为洪峰，冲决一切障碍。

用一道瀑布转换天空，移动的河流制造音符和变奏曲，密植所有的植物，开花之后，大地的肤色等待蜕变。沿着顺时针方向前进，直航的太阳，像砂轮打磨着河岸，与水贴得很深，只是无一例外地落入一方热土。

我不想落伍，掸掉昨日的尘土，摁响一条属于自己的河流，接近我的岁月，并不急着表达奔流。

# 致河流

从一座雪山开始认识大地，风雨无阻。在相当长的时间，春天的声音、树木的声音，都远而避之，将所有大地的荒漠寂寞，都指向我，没有开放花朵的时刻，有一片阳光，骑在一匹马上，马不停蹄拽着荒漠的衣角，眼里只有流淌，渴望有一种泥土，合乎情理地发出声音，荒漠中的一个蹄印，每一秒都在加速运转。

一个坚韧的声音，在沙岸之下寻找生存的方式，只是为了奔流不息，总是第一个醒来。记忆里永远没有驿站，就在沙海上涌动，每天都有新的起色，要跑赢时光，平和的岁月，无法阻止一场雨的旅行。一种晴朗把我照彻，抬头挺胸，犹豫不是我的性格，风拉黑了月光，就用泪水吸收的夜色，倾泻深沉。一片白帆，支撑起日出日落，与河床背道而驰，天地之大我就是作者，风一路随行，于是便有了风驰电掣、波谲云诡肆意奔涌，纵深处就是一亩之地。来到这个世界注定就是痛苦，仅仅为播种谷物而生，完成一种根植，沙漠已不能束缚鲜活，最后的宿命，遍插杨柳才使我没有了缺憾。

不愿惊扰黎明，让我怀想的天空，只有阳光没有乌云，我正好隐藏起来，躲在绿荫之下，看着怦然心动的绿洲和村庄，一群鸽子在播撒无数的哨音。一把抓住黑夜的长绳，掀起波浪与天空的喧哗，暗流在躁动，突然来到耳畔，让天空占有我，连同雪山、瀚海、草原，飘动的声带，颤音变幻莫测，我已经看到了秋天的树梢，酸楚的晨昏，是太阳不落的樯帆把我惊醒。敲响雪水放倒一切，最大的咆哮来自八月的天空，一次次鼓动喉结，就像启动未来之路，褐色的皮肤来自风沙、河岸与板结的土地，风化的岩石，一点点渗进我的足底，不住地翻身跳跃，一直都在不停地奔跑，降落时纵使折断翅翼，也要粉身碎骨，在拂晓前，到达新的河床，打上航行的印迹。

太阳升起时，天空滚动，日出日落贴上标签，栽种雨点，从此不再陌生地一次次迎接绿浪，穿过时空，恢复大地的色彩，留下合影。弯道上潜伏的航线，有时候旋涡安静得可怕，太阳在枯水季中发红的河床沉淀着鹅卵石，似乎许多面镜子聚焦干涸的时光。沿迁徙的河床，肆意奔涌，把雪山捆绑在一起，每一声嘶喊，每一次鸣叫，都是竖直的芦管，孤独的身影穿行树丛之上的树丛，插满堤岸。

乍暖还寒时节，透过枝丫，已可以听到柔软的波浪，声音是一艘大船，航行在星光之上，背负狂风暴雨闪电雷鸣，坐拥晴朗和力量之上的力量。面对玫瑰和向日葵，总是第一个醒来，沉睡被唤醒，敲响夏天和倾泻的雪水，瀚海胡杨，果园树荫，芳香在一片风雨中崛起。粗壮的喉咙衔着惆怅和叹息，足印卷进沙土，把昏黄搂进怀里，追赶四季，尽管在夜里闪亮，却从不打滑和缄默。寻找坚韧的跃动，无法想象河流会平心静气，种在心里的浪花，早已不可驯化，所有的奔放像时针，像马蹄踏歌而行。就在今天之后的今天，就在昨夜之前的昨夜，把河流当作孩子，喂养一群野性的马匹，紧握缰绳，在绿草的翻动中，我是永远的驭手。

# 第五辑 沙漠胡杨

# 端详胡杨

你是燃烧的火焰。

发亮、发光、发黄的长发，一页页掀过去亢奋、低沉、暴怒、狂躁、死寂生命的坚硬，嘶喊的翅膀拍落晨昏，一束火光冉冉映照天地。

你是大地之王。

与苍茫为伍，与沙砾作邻。风沙啸立着，发情的河流穿过你的腹腔，冻僵的月亮淹过了你的头顶，受到惊吓的乌鸦破布似的飘散。无数的生命发端、爬行、绝迹，无数的河流弯曲、蜿蜒、干枯，写意于波诡云谲的荒漠之中，你成为孤独的刀笔吏和大自然的判官。

你是云中领袖。

一个披着紫髯的长者，你每天都在用带血的暗示给我上课。那些强悍的、懦弱的、朝气的、败落的、凋残的、飘零的景象，那无法适从、无处躲避、无力扭转的命运，那无限疯长的欲望，从口中你向我讲述着一个物竞天择、适者生存的世界。

你是日月，你是亘古。

搜寻你的生命，学会说你的话，学做你的朋友，泪光一点点打湿我的眼帘。没有谁告诉我你的明天和未来在哪里，但你却颠覆了我歌声中的虚浮、虚荣和虚夸，你真实地抚平了我的忧伤，揣摩着你那穿越时空的暗语，你的改变或不改变都会让我谛听。

# 胡杨林

## 1

风吹大地，在潮湿的波纹里，从未疏远绿色。

一棵树静静地敲醒时钟，响亮的目光，不愿提及醒着的花香。

## 2

从未疏远的鸟语拾级而上，寻找天空的含义，无数的大雪被推倒，经脉潜伏下来。

无法降落的雨滴，弓腰走向孤独，云朵永远追随天空，多么希望献身一切。

## 3

山峰的模样落满灰尘，太阳痛苦的表情快速滑落，白昼的释放，突然被雨水淋湿，仿佛噙着泪水诉说深邃。

从黄昏尚无暗下来的大路，目光的积水洒落一片，胡杨林的旗语，与痛苦迷茫的博弈中，名字始终是站立的，在硕大无比的天空，点燃一支支银亮的烛光。

## 4

最早的祝福，一定代表日出的味道。胡杨的枝丫超乎想象，添加的翅膀，在风中摇曳，传说中的不朽，一盏灯火，藏在心底。

# 胡杨颂

面对你时，我看到围观者猎奇的、惊诧的、震撼的目光，也许他们只看到了你的挺拔和矗立，可又有谁能够读出盘踞在你内心中的倔强和冥顽不化，生生不息、千古不死、独立不朽所透露出的蕴意？

日复一日年复一年，默默地轮回着绿色、紫色、黄色和枯竭的灰色。

用自强的睥睨一切的目光撑起一片硕大的华冠，枝繁叶茂其实就是一种生命的高调的喧哗，生长着、站立着、躺倒着却枯立着的树木，如一个永远也抹不掉的大漠的胎记。

沙漠已不再是死亡的履历表，而是催生生命的最后的温床，只不过是为你准备的，不敢给你打分。因为，没有谁能有资格同你，并列站立在一起，在一片人迹罕至的领域，却有生命分外灿亮，只与高原雪莲遥相呼应，带着体温的呼吸，真实而热烈，成了一个永久品牌的代言人。

告诉我你生命的全部歌唱，从天外飞来的，随着浊黄的风沙、交加的雷电，产生的经久不息的一切声响；告诉我你盘根错节的伤疤，撩开剥落紫痂露出微绿，不动声色地直立于昏天黑地的狂沙和黄风中，任沙漠堡垒般推到你的脚下，却从没有打败过你。早已把你看作我的肩膀，攀缘而上，能看到更高的天空；早已把你当作我的双脚，跋涉岁月，感觉目标越来越近。把猎奇、好奇、惊奇的目光挪开，把虚无的赞美、赞誉、赞叹抛弃，曲折和磨难、孤寂和落寞全在不言中。

装满视界，填充心胸，打磨掉所有的脆弱和虚幻的梦想，对视你、破解你，需要我完全理解对生命的固执、偏执和真谛，重塑对生命的渴求。

改变着我，甚或将改变我的一生，在与你的对话中，我已获得了释然。

你默默站立于沙漠之中，由此产生的联想，我们谁也无法终止……

# 胡杨树

从沙土上，像一团火焰，牵引福祉。从未剪断，连接大地的胎盘，荒无人烟中，标识着足迹，发硬的岩石，沉默中觉醒大火，在空气中反复寻找呼吸，一双翅膀在风中茂盛，连同嘴唇和喉咙，枯死的树木，思绪却没有立刻倒下，之后更大的风雪，迫使你脱离天空和脚下的家园。几乎每天，都要迎接一种寂静，除了狂沙搅动的风暴，显而易见的枝蔓，成为天空的支脚，日复一日年复一年，简单的修行，生命的本质就是大繁至简。

即使全世界都凋零，所有的冬天因寒冷而退却，连大雪都无法靠近的地方，你还是要冲进风雨，为所有的日子划开航道。你是树的南疆，越接近蔚蓝，越容易受到风沙的侵袭，泪滴悄无声息，灵魂却斯打着岁月的昏黄，一块土地接住落叶，大漠就是你的年轮。

时光从海底升到地面，风沙造就的苦难，承载干涸的土地，遁迹的大雨，如消失的花朵，走向孤寂，致使大地的棺木窒息到无望。金黄的胡杨，挽着时光的马匹打开绳套，到达沙漠的停顿，把金黄的梦境震醒，在幽深的隧道，寒冷撒开巨网。

沙上和沙下的深度，都碎成一地，雪水能够滋润胡须，在半遮半掩中笔直的样子，晶莹的陶瓷，在发亮发蓝之间，选择凝重的底色。忽明忽暗的烛火，在踩脏的雪后泥泞，并非来自毫无目的的杯盏，未来刚刚开始，很响亮的泪水，就像一杯水从未结冰。

手鼓敲响河流的舞曲，挽起的臂膀肌块毕现，与一块土地躬身对等，在丰收之后握手。相信花的颜色，气被唤醒，连同胴体，作物在夜里睡觉，手心的温暖连接大雨，等待长出声音的旋涡。

从脚底开始蔓延，只在天际间相接，像衣物在风中整齐地码放，阴冷的天空下滚烫的舌温，在大雪中悄然爆响，只忠诚自己的灵魂，再也无法找到代替的故事。

# 白桦树

俯视枯黄的大漠荒野，紧系呼啸凌厉的风声，竭尽全力抓住一丝阳光，根须盘结的身姿，任来自四面八方锋利的雷电刀劈斧斫。

一次次交加的雪雨，浇灌情绪，恍如隔世的梦境，被滚石冲撞、被雨冲刷、被雪掩埋；一个个被几近干涩的喉咙咀嚼的枯燥季节，像纺锤捻过去一根根荒凉的岁月。

匍匐、躬身、摇曳、挺拔，每一种姿势都简单而纯真；枯黄、青葱、结疤、起皱，总与波纹状年轮捆在一起。

由青涩到枝繁叶茂，越往上越感到精血的勃发，越直立越渴望更高的天空，蜕变几乎在一夜之间——

矗立起来的瞭望，永远比躺着看到的景致更美。

挺立，成为一种坚硬的姿势，成为脉管里汹涌呼啸的一种坚持。

一种符号，传递四季；一种笔直，矗立天道。

# 雪　菊

## 一

高山之巅，崖顶的裂缝之间，雪水的喂食中，高原金黄的精灵在值守。

雪线之上都是坟墓，雪峰的蝴蝶，只要太阳照例升起，冬天就不会凋残。

冰雪舞蹈，水的雄浑，山脉震动，山魂欲出，高原不是天堂也不是地狱，似乎无法跨越，你却造就了我的前方，令我永不回头，永不止步。

## 二

呷一口雪水，有一种气息，来自高寒，从口中，冰冷被驯化，浮现雪峰的样子。

在温热中朦胧，翅膀伸展像云朵般微笑。透过雪山被冻彻。

## 三

掀起巨大的秋风，一束花，倾泻着雪白的无欲，撬醒风铃，承诺是有线的风筝，倾听雨雪的合诵，细长的足印，浸润在阳光里没有浮尘，开启不同的窗口，一对玉坠在与我的握手中，没有刻上姓氏的名片，却用意蕴排列在霜雪之上。下山的时候，我不得不为你喝彩。

# 雪　莲

只身高原的大海，晦暗中一颗种子掉进冰崖，迟疑片刻，便掩饰不住摆动的羽翼。

高原每天都是冬日，风与雾向隅而泣，云雾举起的旗帜，被迫撒向四野，撕碎大山的面颊，目睹雪冠一夜之间被掀掉，所有的空寂，相向而对。

一扇高原的天窗，远播银色微笑，孤独中似乎有一种释然，芳香只有深邃相伴，傲然无法复制。

星光贴着嘴唇，啜吸太阳的晨露，夹在朝霞之间，争夺一种玄机。每一次奇迹，都要越过风雪的狰狞，绽放是一本日历，每日都在翻新，捧读高原就是懂你。

在山底我这样企盼，一生都在歌唱，比任何花冠都要沉重地盛开。

第六辑

# 新疆剪影

# 丝绸之路

## 一

蓦然回首，天地之间，身边是寂寞的空旷，总那么显眼，风沙像是一场落败的旅行，总在开春，大自然刚刚苏醒的时候。

尘土飞扬，古道千年，风中的腥膻，浸泡着，荒原和草原的气息，任生命一次次迁徙，成为游走的壮观，横跨世纪，永无回头，升起昆仑，挺拔雪峰，翻新绿洲，结伴绿洲，倾吐早在酝酿，相识被定格，定格在一万年。

## 二

风行于大漠，吸附晨昏，干涸的云朵一字排开，一条纱巾像履行一场漫长的旅行，贴着高原苍凉的脊梁，无论四季总在漫长中飘动。

一抹黄沙，高原之上，城堡之间绿洲就在脚下，不曾枯竭的驼铃一直连接到，凹陷的塔什库尔干、古巴比伦的城郭、埃及的金字塔。

一条沙漠的蜥蜴，舌苔很厚，一直咀嚼枯黄的岁月，独立行走于这个世界，从没有安静过，始终在风声的旋涡中，感受地中海汹涌刺目的阳光。

## 三

从土黄色的高原，祈祷一路向西，天空下河流的脚步，时针转动着，昼夜在驼背上，尾随着世纪，一再唤醒的雪水，潜入日月的肌肤，对峙博大的群峰，恐惧来自风暴。

最先听到的消息，源自遥远长出的翅膀，有时一段传奇，一夜之间被沙尘撕得粉碎，与掩埋的逶迤对话，奔走的嘶鸣，一再延宕更多的神话，用柔软驮载世界，叹息和漫长如此巨大，行走又如此嘹亮。

太阳撒下芳香，等待中的绽放又回到花茎，一路上升的月光，变身为丝绸的图案，突起的风沙中，玉石的占卦自言自语，沙丘上的古堡，埋藏的秘密不计其数，我何曾不想成为其中的一分子。

## 四

一片火焰的玫瑰，引燃天空，落叶上飘着你的名字，沙土纷纷扬扬，有如花盖。只有天空，才能匹配的颜色，地下的花朵开始飞翔，以鸟羽可以承受的速度，风却一直，没有给你止步的动向。

拥有越多的自信，就将获得越大的世界，能够穿越过往就叫未来，昨天无法谈论今日的成就，随行于世界，总有一天会得到答案。

## 五

在一种召唤里醒来，晨曦中绽放的眼泪，演绎太阳的激动，纯情的云朵，呼吸中等待倾吐，已经无法再用绳索把自己捆绑起来。河流上昂首的航道，连同影子都吸附在脚步上。

# 南　山

## 一

南山是距离乌鲁木齐最近的草原，水西沟、白杨沟、板房沟、一号冰川统称为南山。

春天来时，草原一夜之间长满了绿色，绿色像披风，一下子爬到了山尖。日光、雨水整天都撒落在马牛羊的背上，从山脚到山顶开始接力般地响起牛羊的呼喊。

我很享受这块水草丰美的地方。南山就像铺开的一张地图左西右东上北下南，塔松是纬度，标明绿色的山峦，河流像经度，在断流的地方则表示绿色的边缘。骆驼、马、牛、羊群活像一个个部落：驼群是大部落，马、牛群是中等部落，羊群就是散落的小部落，密集毗邻。走过羊群、牛群，就像走过无数个部落，被阳光的喷泉浇灌出一幅与世无争的平和的样子。地图也有生命。有时候骆驼沿着绵延起伏的山峦跋涉，两座驼峰之间架着帐篷，就像驮着一个个移动的城堡。看不到牛羊的地方就是地图的边界，牛羊只在绿色的这边活动，牛羊到死也不会跨越界桩一步，纵使哈萨克牧民如何用力驱赶。草原一年四季都在变化，地图也在变化，绿色表示平原，红色象征荒芜的土地，土黄色则代表草木稀少的丘陵，银色被冠作雪山。我喜欢举着地图到处寻找小溪和山上凸显的瀑布，白色的水柱四溅，在山中形成轰隆隆的响声。在阳光下、落雪中，有时又在落日中，洁白的毡房、红顶的别墅积木般有序地搭配在一起。

在草原星空很低，就像在我头的顶端，我从毡房伸出手可以摸到星星。在草原阳光很湿、很潮、很静、很懒，处处散发着牛粪味，炊烟一点点升起袅袅地飘散。踏入草原就像打开了一幅地图，唤醒了我的愉悦、兴奋和畅想，原野被风吹着，草木翻动着，就像地图被翻开一角显露出烟囱、河流和远山。

在我起身要离开的时候，我多么害怕将这幅地图揉皱，地图上的一草一木仿佛都是我的珍馐，我想把这幅地图折叠起来，小心地放进背囊。我想像蜜蜂，始终围着青山绿水环游，在南山以南我想还有一张没有被打开的地图……

## 二

南山是夏日的宠儿，牛羊的巢穴，充斥牛羊的腥膻和奶牛的乳汁。

雨水打造轨道，瀑布垂下的水舌，传来均衡的亮色，输送一川的果荫与草籽，浸染后的草原软过绸缎。在夏日拒绝灼热，感受与草原的结拜，羊群像洪水塞满峡谷，以泛舟的形式涌过山岗，在雪峰西侧，量遍夕阳中昏黄的天堂。

山水是对人类的施舍，草原的兴衰史就是人类的兴衰史。南山是草原的屏障，炮制几近绝版的绿地，鸟语积攒一个扩充的夏日，以梳子的架势，完整地表述草原的地表。关注雨水，及与风相关联的草色，骑在马背上的南山，告知我千里之外的情景，在一夜之间，绿成陶醉的样子。绿色是马匹，四处逡巡，把我惊醒，与我用幻想撑开穹庐。

三

最响亮的鸟鸣，在夜间蒸发响动的月光，移动的步履，或蹲或站，或亮或暗，在马厩垂成一盏灯火。五月在跟进，最大限度地翻动所有石头，积攒草籽，贩卖绿色或者湿润。

自西或者自东，无论山峦的走向在哪儿截止，风都在草原齐刷刷地亮相，混入羊群，或者唤醒牧道。雨水的根须，在草木的皮肤上，附带种子的作用。在最小的单元中，羊群摁响汽笛，把南山当成旱码头。

## 安宁渠

安宁渠，一条狭窄的河，荒草丛生的水塘爬满了渔网，简单的商贩和小吃摊，不做作不油滑，面对来人，一直绽开乡村女子的笑脸。没有想象的那样好，春天依然迟到，却值得一玩。

一杯酒，一顿有机蔬菜的家宴，一个忙里偷闲的周天。从早到晚，夏天都戴着草帽，只出售草莓、葡萄和鲜桃。

安宁渠，用明媚的天空做筹码，正与城市谈判，交换没有雾霾的冬天。

## 达坂城

你用沾酒的手势，烹调出欢快，满城的石头都是五线谱。古镇张开布口袋，装进一片迁徙的云朵，绵延了百里之外的驿站，大风不止，歌声的指纹，就会一点点叩醒斜长的柳树。

记住了劲道的面食，城墙上的酒旗，长满古镇的石头，最后烙印在我的心中，不止一次昂起头，砸醒月光一片。

小镇与一首歌是孪生姐妹，我愿意回到小鸟一般的青春，一直打探一位好姑娘的名字。

# 薰衣草

一

从一个紫色的世界往里看，我成为一根滑动的指针，渴望阳光站立起来，走向一片疯长的海洋，最先到达的守望者，竟在一秒内，被一万次掏空心灵。

醒来的炫目，闪耀的气味，来自一块河谷地带，令一生的赤橙黄绿青蓝紫，释放俯视中的天空。试着打量一场紫色的烈度，渗入皮肤的海水，使万顷花圃，一直摇晃，从头到脚的血脉，淌入我的体内。

二

风的木屐，踩踏一场雨的舢板，使低矮的丝绸上，发紫的空气，在脏腑内来回逡巡。海风在地平线上，杜撰出水陆两用的舟楫，在外延和内涵中，行驶飞翔的海洋。

三

在风低处依偎，黄昏中的墙，滴答声中，坠成详尽的草色。熟悉的祷告，一点点落入清新如初的泥土。一行清晰的雨，妃子般的使者，紧挨着荫凉的国王，飘忽不定中，使大地坐在紫色摇床上。

很快绚丽的天空，湖水照射浮云，明月驾临耳畔。

端详胡杨

# 格登山碑

一

牧人总是骑在碑顶，看滚动的河水，翻山越岭。

碑升起的威严，难以琢磨，正点到达的飞雪，总是代替一根时针。

二

停留在草甸的驿站，不慌不忙的牛羊，踏上就近的道路，马匹与牛羊的气味，在土路与石路的接合部上，不停地吸引草丛上的露珠。像动情的牧人，划开滚动的马鞍，让上万只蹄印深入坚硬和松软的泥土，草原便是永久的停靠站。

三

在山风里，俯冲的牛羊，寻找嫩草的动作，注定簇拥孤独。在塔碑下过夜的羊群，淹没脚底的山峰，及星星点点的远方。

## 四

橙色的旋风进入峡谷，使草原的肤色，与行驶中的牛羊，一模一样。

## 五

碑是站立的使者，尽可能裸露大尺度的标本。褐亮的天空，在雨水之后，总在我的心头升起一道彩虹。

端详胡杨

# 天堑丝绸路

## ——题伊犁果子沟大桥

几个世纪，生命拥挤，在一条羊肠小道，牧人驱赶着，转场的牛羊，飘走在白色的山岩。成群结队的汽车像蝼蚁，爬行在果子沟，脆弱的生命，就像干冷的空气，随时可能断裂摔成几瓣。

就在某一年，人们用大手将我栽种，栽种在拱圆形的穹顶，如果我脆弱，我就不敢站立，即使不在雪线，大雪压顶，也会粉身碎骨，直至凋残。

紧紧抓住大山，不屈地接近狂风，迎接随时塌方的山脊，一直升腾起岩石的眺望，动摇迟疑不是我的风格，风驰电掣的列车驶过时，我在享受欢愉的震颤。

站立中，谛听松涛的声音，呼啸中的冰雹，打疼我的面颊，沉寂时，只有太阳能够唤醒我的沉默寡言。

冒着白烟的列车，喘着粗气的汽车，伸出隧洞的瞬间，它们向我招手，并开始亲近我，由于激动而产生的快感，像鹰群盘旋在头顶久久盘桓。

一夜之间，我们跨越了一个世纪，在人们仰视的目光中，一条坚硬的丝绸牧道，通向的不只塞外江南。

# 老风口

从遥远的山口，传来的讯息，都是刺耳的，屏住呼吸谛听，最可怕的字眼，还是像黑纱，别进我的胳臂，周围的人都埋头痛哭，几乎无法辨认白雪中的名字。

最震撼的风口是一道魔咒，吹起在大风雪的前夜，即便是正午，还能看到黑暗的降临，不敢抬头，怕咒语洗刷我的眼睛，但我还要前行，尽管如此。

一场冷酷作秀的风口，全天候都在冰雪里，弱小的躯体，无法抗拒暴风，只能匍匐于脚底，慢慢地舒展肢体，以至于不被冻僵，一场极冷的风雪中，我的梦想仍在演绎。

一个银装素裹的世纪，白色的风，一路倾泻雨雪，重要的是潮湿的雪下，松树的种子悄然滑落，小麦往外显露，一路疯长，花开花落，一段解冻后的故事。

# 黑石油

## 一

骆驼都不曾过夜、大雁都不会停歇的荒芜、干枯、野蛮的旷野。狂沙走石中，风像野性的狼群，四处奔嚎，梭梭草卷曲在风沙中。一个维吾尔族老人骑着毛驴不经意的踢踏间发现的一束冒泡的漩涡，像一朵黑色的玫瑰，从地表开遍了满山遍野。一片不毛之地瞬间轰动，被标上了地图印刷成册。一座匍匐在石油上的城市，在流动、泛动、潮动的黝黑的河流上崛起。

我惊诧不已，一条黑色的河流。

一群群汉子在白乎乎、咸咸的风中，成群地扎堆。那双朴实、有力、长满厚茧的大手，推着井架、拖着转动的机器，冒着刺骨的寒风，挥汗如雨，藤制的安全帽在阳光下如跳动的太阳。“石油”“出油”，从这群汉子的嘴中粗犷地一遍遍地喊出，他们在井台上握着刹把站立，像一副惊天动地、与日月同辉的剪影。一片片站稳的井架，在野云寒风中爬升着，磕头机没日没夜地敲打着地面，黑色的油管像土地露出的筋骨倔强地穿行在茫茫戈壁上。白雪、春雷、旭日、晓月，在每天的不同的景象中，黑油自由、快乐、闪烁地奔流。

我激动不已，一群强壮的汉子。

戈壁被黑色的河流切割成方阵，楼房、桥梁、运动场、绿树、雕塑、主题公园、花草、风筝被摆放其中。一群富有创意的汉子正在装饰、装修、装潢着这座花园，璀璨的夜幕下浮出现代版的“海市蜃楼”。在广场、在高挑的水幕下男人、女人肤色新鲜，孩子举着欢乐的双手，九龙潭喷射出银色的水柱。

我仰望已久，一座攀升的花园。

## 二

雪水与火把，在一夜之间辉煌，潜藏于地下的棒槌，擂动大地的眠床。站立冰天雪地，没有任何指令，醒来的第一个动作，便是握紧冻僵的刹把。一场斗狠的决斗，黑色的足印，翻身上马，在大地的奔涌等同一条江河。

面对千里蛮荒，以迅跑的速度开放花茎，甚至可以在大雪中茂盛。

接下来的故事，令我掩面而泣，一座城市的荣耀与一场大火留下的雕塑，却像钟点滴答在我的心上。

# 军垦城

## 1

石河子，是一座军垦战士的城。刚刚卸去的战火，映红了你的脸庞，挽起的衣裤，另一场战争才刚刚开始。长满老茧的手一手拿枪、一手拿锄。长枪挑着太阳，马刀架着篝火。镰刀、坎土曼、铁锨、石磙，地窝子、茅草棚，粗布衣服、土黄色的军装，芨芨草、满地荆棘，野菜、窝头。

狂风、暴雨、漫天飞雪，干枯的河流、散发着腐殖气味的沉闷的土地。向亘古荒原要丰饶，向荆棘丛生要绿色，向河流要驯服的波涛，向沉睡的土地要分明的四季。每个人都是一粒种子，每个人都是被血汗孕育的希望，生生不息，繁衍粗壮的双手。

没有被吓退，没有被打垮，没有落荒而逃。以粗犷钻探荒原，用血性征服漠野。只有坚持、坚定、坚韧。弓腰扶犁，倔强如牛。

## 2

有一座丰碑矗立在石城。他只停留了片刻，人民却在心里建立起了一块丰碑。人民不但记住了这一片刻，也记住了他的一生。所有的领导人都来凭吊，他是镜子；所有的普通人前来瞻仰，他是公仆。

## 3

只能以一匹马的速度穿越，语焉不详的地址，在历史的一角加入对话，扉页上的绿洲完胜一切虚无，大风中我没有转身，而你，置身彤云之中，极度虔诚，致使我的热度并未冷却，通过简单的符号，瓜藤缠绕的浮雕，纪念碑与夏夜设立的情节并峙。探下身子把玩一块泥土，有一种气息款款而来，捡拾阳光相对而视，颗粒般的雪水与血水，经臂膀抡起圆弧。

面对我埋于地下的一千种微笑，使底座活泼起来，栩栩如生的目光，安静有如白纸。醒着的塑像，烫手的岁月，野火养大的庄重，一座地标，无数次缩小又被无数次放大。

# 罗布泊人村寨

## 一

干涩的风与黄尘发动的战争，大抵是刀光剑影，与空旷一起压垮天空，四散的乌鸦，想打捞古墓旁的残月。淋雨的概率几乎为零，求生是一个部落的惯例，至高无上的时光举起大斧，一再抹去荒诞的行径，苍鹰是天空的灵魂，扑扇着翅膀落下。

相距不远的头盖骨，有一匹马从远处驶来，就像是你的坐骑，留给人最好的纪念，就是不断往皮肤上，抹涂油彩和冷月。一夜之间走光的鸡鸣，硕大的月亮空空如也，木质的船帮，繁茂与荒芜是两支船桨，错过与水滴碰触的机会，陌生人背转身，任漫长的风沙洗劫泪水。

跪卧的牛头，竟然毫不知觉，被大火焚尽的邮路，与逃远的兽群，一再被风声打断，生锈的脚印，斑驳着远遁，令你的意志在一夜之间崩溃，而我已原谅荒凉对一座村寨的摧残。

曾经有一块祭坛，就在某一个夜晚，火把点燃时，裸体的人群和草屋驶向死海，躺进细碎的沙底，竖起的阳具是对死亡的蔑视，留下的一片耳语，一直拒绝寂静。

我试着把星光一分为二，有一片至今被我携带，就像一片湖水的芦苇，干瘪了却始终留下痕迹。

## 二

让我一见面，就能听到博斯腾湖扩散的精魂，生如大地的云翳，天空的眼泪，从我的腹部穿过，波浪的族群，显示与湖水的零距离击掌，把大海搬动到陆地，尽管没有暗示，晃动的芦苇随时都能够听到呢喃。

雪山升起白帆，鹰把太阳吊在空中，无论以哪种形式出现。从春天开始，阳光沉入湖底的颜色，至少在我的眼中是一片福祉。订购一片湖心，把湖水紧紧攥在手里，湖水的净化程度，承载我的重量。

# 南疆漫记

## 阿克苏

### 一

在沙漠旁，有山有石有香有绿，有雄踞夺目的跨世之作 —— 托木尔峰。一座比天山还要靠南的城堡，一块飘在河流之上的绿色的翡翠，躺在阿克苏河、塔里木河两条河流垫起的枕头上。河流如编织的地毯，覆盖着湿润的、干枯的土地。水的黏液吸收麦香、稻香和果实的香味。河流带着附言插图，撒播着春色，荡漾着秋天，一路走来。

最悠久、古老的丝绸之路穿过城郭和传说。比我的父辈的历史还要长。那些风化、干涸的传说，被记载于一段段文字之上。

寂静的麻扎（墓地），郁郁葱葱的古树遮天蔽日。横卧的七女坟，一座横卧的倾诉，一个凄楚的传奇传遍坊间，纯洁的节操被高高悬起。燕子泉流落你的脚下，村庄像散落的土桃。

曾经是你的孩子。在温暖的透着火炉煤烟味的课堂上，叮嘱自己像吮吸海绵的水分一样吮吸书本上的绿色，我趴在书本上抚摸着一个个已经临近的梦境。

塑造了我的本色，质朴、腼腆、狭隘、自卑，带着这些烙印，我走进了一座比你更大的城市，我痛苦地不断地更新和完善，但总有一些东西无法完全脱落，我因此将我的微博起名为“塔里木河之上”。

在深沉的年轮中我只是一个早熟的杏核，从碧绿的核桃树上滚落成熟。

一切的一切我都那么熟悉，声音、味道、扬尘，而又那么陌生。也许我终究要做一个永远的熟客，关注和关切也许难以表达我对你的念想，哪怕一丝丝的风吹草动。

在原野，我闻到枣香、杏香、麦香；在路上，我遇到大风霜雪，泛滥的沙尘、铺天盖地的黄风让人透不过气；在歌声中，维吾尔族用跳动的音符、舞姿把我震颤、唤醒；在城堡，我窖藏了希望、困惑、迷离和成长；在城市的雕像，我看到了灿亮的棉桃。

每当接近你，或在华灯初上的晚上，或在晨曦微露的早上，我都无法抑制湿润的眼光和跳动的心灵，为你那扑鼻的绿色、透彻的晴日，为你的闲适和喧闹、平凡与内敛激动不已。

一直都很想深入你的心灵，你却一言不发。我怀揣着你，在游走中，徒增着对你的遐想。

夹裹在通红鲜绿之中，摇曳在果荫绿树间。我想把你的果实带走，把你的风景带走，但却带不走略带腥膻的黄土味、杏黄色的风、土黄色的马路、滴落尘土的树叶，带不走苹果树、杏树、幽深的盲巷和婀娜多姿的舞蹈。

无法制止自己，梦回萦绕，我总想起儿时的河流、房屋、街道和学校。那巴扎上垒放的男人的蓝黑色条绒布、女人的花布花帽。我的舌头舔着凉粉，嘬着加了白糖的刨冰，撕咬着烤肉，喝着放了鹰嘴豆的面蛐蛐（一种面食），我的味觉在酸辣间混战。

像风、像雨，像手鼓、像麦西来普，一直被我挂念，直至四季直至晨昏。

## 二

小城的四月，竟然这么早就来了。

随着年龄的疯长，我的记忆却一直在加厚，也越来越清晰地记着小城的轮廓和小城的故事。一生中最美好、快乐的时刻，就在这儿度过，我的顽劣幼稚的童年和少年。

可在这之前，记得当初离开小城的时候，我什么都没有带走。

每到小城，我的睡意总是很甜、很香、很浓、很实。在梦里我享受着杏园、桃园、核桃园被月光笼罩的样子，听着粗拙的风摇晃着窗户的声音。

我渴望回到校园、运动场、课堂，听着准时敲响的上课铃声，看到雪白的墙上仍然残留的字迹，那曾经是多么给力的标语。

我想念老师，她曾经像一位舵手，而我是穿着海魂衫的正在沙滩玩耍的孩子。

我怀念河流，那像蜡笔般涂画着两岸的叶尔羌河、阿克苏河、多浪河。

在小城，我完成了成长的过程 —— 那些在彻夜排队中才能购买到的书籍，报纸副刊里的东西，曾经那样热烈地吸引着我，使我不甘止步于一座小城，使我想着到更大的地方去加入我的脚步和力量。

呵，小城 —— 用展露的荒漠让我渴望看到绿洲，用蔚蓝的晴空洞开了我的视界，给了我一种向上追求的力量，并默默为我祝福加油，用粗糙的生活磨炼了我，给了我战胜贫乏、自卑、懦弱的勇气和胆量，用贫穷的风景逼迫我走向更大的天地。

走出小城，我迎接了外面的风景，但并不意味着我要忘记小城，就像一只风筝，飞得再高，心还系着这座小城；就像一滴雨，在垂下的时候还要寻找熟悉的泥土。相反，小城的淳朴、厚道、豁达和浓郁的人情味，每到节日常常是我回味的佐料。

小城灰黄的扬尘、狭窄的街道、民族风情味很浓的院落、红旗坡的红富士苹果、像酒一样浓烈的聚会……我的记忆被迫记住这些，并且在深化，这就是我越来越频繁的回来看小城的原因，否则，我的内心就会很不安。走出小城，意味着更接近我的理想，而返回小城，却能自然地回归真情和生命的本真。奋斗和奔波、平静和休憩，我无法确定哪种生活更适合我，也无法判定生活质量的优劣。我只能顺应心灵的指引，心灵就是我的罗盘。可我知道在小城，我能够抛却物欲，让精神瘦身。

你尽可以在这座小城待一辈子，与拮据的绿色为伍，生活并不因为周围的环境而缺乏趣味，那在扬尘天气里健身的身影，一直在说明生命的顽强多么重要。如果你生活在精神的世界里，居住在哪儿，已经不重要了。

我来时，小城站在路边，像一株棉桃；走时，小城像风，送我踏上归程。一来一往中，我们彼此都增添了默契，什么时候有风、什么时候有雨，我都能感受到小城的温度。

小城永远站在我的记忆里，尽管我是一粒沙尘，或者一枝新发的柳梢。

## 乌什

在边境线一侧，乌什安静地落座于一片杏林之下、柳荫之下、桃花之下，燕子山无法遮掩，阳光向湖底渗透；锦鲤是不安分的，总在湖柳附近寻找伙伴；燕子衔泥筑巢，在树上、假山上、湖面的雕廊上。

在巡逻线一侧，靠山的地方、天气阴凉、秋天的时间就长，收割也相应推迟，生活凉爽就容易酿造满足。

## 阿拉尔

从不知道，在沙漠是什么样，蜥蜴似的时光，被荒芜一点点渴死，石子硌疼脚底，沙土吹进眼眶，磨破柔软的手掌，但我更相信，沙漠是平坦的宣纸，只要腾出双手，身边就不会是永久的空旷。

从远而近的脚步声，没有慌乱，没有停止，挖掘水源，寻找浅层深层的绿意，一块只截留收获的摇篮，总见稻浪和棉田闪烁银光，一条宽阔的河流，水声由细变粗，河床由窄变宽，震慑沙漠，摄取雪域灵气，用流动的肢体语言。

从此有一种愉悦叫相见，不忍心翻看从前杂草丛生的荒乱，草滩上，一簇簇篝火，点燃垦荒的记忆，寻找小镇，无数颗悬挂馥郁的芳香和窖藏，坚挺的身姿，翻飞的手势向我传递一种惊叹，惊喜之余，我没有立即转身，而是驻足一座秋天面前。

## 阿瓦提

穆塞莱斯一座掩映的酒窖，葡萄酿制的琼浆，整吨整吨透出幽香，来者不拒，用敞亮的醉意驱赶寂寞和荒凉，明月是轻尘，手鼓敲落天边的太阳。

以森林为背景，一个狩猎的地方，星稀风高，血腥挑战雄性，没有狩猎就没有生存的健壮，猎杀的时候，却只获取孱弱的兽群。

雪山河流村庄，瓜果虫鱼婚嫁的场面，依次跃然纸上，用泥土着色，阿凡提是画中的人物，柳荫枣树直立的棉桃，一块舞蹈的画布，果实挂满走廊。

## 库车大峡谷

一线天，在现实的墙壁上飞行，形如走兽的状态。扁扁的阳光，把天上地上的两个廊道，以及被干裂陨落的沟壑，一分为二。穹庐下固化的鹰，跌落的翅膀，架上天平。扎堆的刀锋，陡升陡降千柄利刃，接受沸腾的云朵和风暴，每一公里的峭壁，都饱胀落地的声音。只有太阳牵引巨斧，照例每天驶过，肌块和膂力一起出征的场面，大雪或大雨，无法戳痛褐色的皮肤，以一层层鼓面，沉默应对千年雷电。在山上和山下，寻找曾经崛起的大海，砂砾风化地上的寂静，隆起凝固的雨水，方圆百里，所有的峰顶都摇动风帆。

## 刀郎人

不论远近，我们都急切地走到阿瓦提这块神秘荡漾多浪文化的城市，不仅为一种风景、成片的树、古铜色的部落。

河畔、沙丘、孤独的天空下，部落、胡杨树扑面而来的古朴、金黄，于干枯之地、于沙丘之上、于河道两旁，蒸发出一种炫目的光彩。

很幸运在少年时就认识了你。当初我只是感到你是一种树，一种与众不同的树，昂扬的外表下，用一种挺立、挺拔、挺秀的身影直射我的眼帘。

尽管多少年后离开了你，却自始至终都感到你还立在我的身旁，而当每次回到这块土地，踯躅于你的领域，你的身影就像一种语言，刹那间默默传递给我，却欲言又止。

看到部落中许多汉子手臂上流出的血滴落在一起，挤进一根脉管。他们赤脚打鱼，烤肉，打馕，粗壮的手臂像长矛扎进野兽的心脏。他们用孔武有力的手脚播种麦子，种植核桃树，酿造慕莎莱思，简直无所不能。

日出而作，日落而息，生存的磨砺、生活的坚韧中，古作坊满足简单的丰富和收获。在浑浊的晨昏歌舞，倾情于简朴的享受。他们的歌声欢快、直白、深沉、阴郁，舞蹈激烈、豪放、粗犷，在篝火旁彻夜达旦，水面倒映着汉子的紫髯。男人庇护孩子和女人，女人延续后代，穿着粗布长裙、纺织、摆弄锅瓢。

发现你时，你早已经建立起了自己朴实、辛勤劳作和载歌载舞的欢乐的王国，可我却一直以为那里没有袅袅炊烟的迹象。干涸的雨，难得的雪，河流枯萎的只是季节。这片土地，胡杨林和部落总有与我们相同的地方。

当我读懂你的时候，却被身外之物纠结，自尊、身份、物欲、服饰、金钱时常包围着我，让我在左突右冲中渴望保持着一块心灵的净土，似醒似睡、似醉似梦……

在与你的对视中，我的心底的喜悦、渴求、郁闷和枯寂，都化作一种倾吐，一吐为快。从你的眼神中我读到了——一副刀耕火种的场面，一个被追杀、被追踪，追逐水草，在荆棘丛生的土地繁衍扩张的族落，淡定地全景式展示了嫁娶、稼穑、窖藏、征服、猎杀、生死的排序。

只在这时，我才感到自己是真实的，因为这样的环境才能酿造出此时的心境。我被还原为一个真实的人，一个无欲无求的人，一个只关注自己心灵默念的人，享受真实细碎的金色阳光、树木葱茏和飘起落叶的天空，我的意念被暖热。

每次都那样匆匆，你却倒影在我的心中，就像无法拂去的阳光。我与你的距离在缩短，只是心灵的距离更近，仿佛近在咫尺，几乎深入我流淌的血液里。止步于一幢原始的寨门，我低头寻觅——从部落里、胡杨林中飘出的似塔里木河生生不息的歌声，正弯成一轮徐徐上升的明月，临照金黄色的天空。

# 天山神木园

高原、古荒野外、坚硬的峭石之间，犹如一座绿色的高峰，一片神奇的树木孤高、清癯，铮铮铁骨，繁枝叶茂，千年古泉，流经岁月。

我看到成片的绿鸟，起飞的鸟如一道闪电，刺破寂静。这片园林，被冠以天山神木园。已经不把你看作一棵树，与乡村果实累累的杏树、桃树、苹果树、核桃树，与城市修葺端庄的梧桐树、柳树、白桦树相比，神木显得脱俗、脱媚、脱欲，而树也无法代替、涵盖和囊括你的意蕴。你本质上已成为一种成熟、敦厚、深沉，被寄托、被神往、被默念。

多么不可思议，原来包围、包裹、包紧我的一切都可以唾手可得的东西，包括风景，我弃而不见，恰恰为这流水群树，却跋涉了上千公里，直至见到你的树梢，直至看到你的流泉……

与你短暂的相视中，你的启示、暗示、默示，已如风触摸到我的心扉，抚摸到我的精气灵魂，痛击到我的柔弱的情怀。但我不敢再看你，我想尽快逃走，因为与你相比，我已经黏附了太多的凡尘和世俗，已经负载了过多的欲念和追求。

应该匍匐于你的脚下，长拜不起；应该微阖双目，敬仰不止。接近你，极力想达到一种人生的彻悟和通透，离开你，却是我迫不得已的选择和无可奈何。

在刹那间，我伫立许久已经不敢向你祈求清高、清新和清静，奢求平静、平和、平淡。只能默默转身，拍一张近影怀揣在胸前，用以反衬我负重的心态。

会意于一种超越时空的倾谈，惦念于一个约定的默默守望。呵，天山神木园，我还会再来。

## 龟兹

七月炎热的神话，龟兹悬在佛龛上，舞蹈形成的壁画，正午在视野里变得发红，突然想起千里之外的驼队，摇动远方的一股清泉，变得荫凉的龟兹，浮现出花帽和驴车。

龟兹的门牌号，连着歌舞，扯开嗓子击打手鼓，杏树翻过土墙，一夜吟唱，让月亮不忍离去。高原的底座被放大一千倍，围拢过来的大漠，一片白杨树后面的苹果林，决定了泥土的颜色。

我在桑葚树下躲过夏日，大地的铜镜，把雪山拽入眼前。城郭旁的桃树一再发芽。漫过天空的风沙，倾其所有，俯视中，天山是倒植的云朵，厚道的雪在那并不遥远的地方，展现清晰的肌块，所有的歌舞经过拉依苏河，便沾染上了湿气。

## 七女坟

岩石削成的峭壁，镶上了亘古的纪念——七女坟，七座少女的坟。

祖宗的传说是一条河，流淌呜咽的世纪，父辈的传说是一盏灯，点燃愤怒的猎枪，而那个，皱纹像榆树皮，沐浴着阳光，背靠土墙歇息的维吾尔族老人，附近羊群一样散落的村庄，都是这个传说的后代，都是这个传说的背景。

土地是不会变迁的，正如落地的婴儿，从母体带下来的黑痣，腰刀，却不能由此收藏。把一个忧伤交给人传阅，黄昏被迫戴上面纱，山垂下沉重的叹息，唯有历史，倔强地舒展带血的巨幅。

为七个精灵刻上眼，竖一个丰碑喝退狼烟。啊，我是这个传说的新注释——七女望不见的边界，一根永不迁徙的界桩。

## 无花果

爬满整座山坡，攀缘岁月的树上，成为季节必需的装扮，有细嫩的内核，年年都伸手可摘，从累累的目光间。

每一颗果实，因触碰风雪无数次低落，却用饱胀刻下感言，与丰满沉甸有关，乳汁般的肉质，在含食中绵软。

不知从什么时候开始，绽开古朴的脸庞，早被当成一个地名根植辽远，香气弥漫整座城市，浓荫之下，雪山之巅。

## 古城喀什

太阳的红痣在天空弯成弧形，奔涌的泪水结晶盐分，无法终结的沉降，就在你我的四周闪耀。奇怪的云朵，截留了薄暮的翅膀，早晚都在布局的风，雨雪中冰清玉洁，脉管里的江河汹涌澎湃。

来自苦难泥土的图腾，竭尽全力筑牢太阳的图景，声音的罗盘标刻生命的方向，就像无法中断的河流。土地的深沉与树木结合在一起，麦浪与舞蹈的对话，手鼓随风倒伏，草地上的玫瑰花围成广场的篝火，舞步摆弄着，一蹴而就的亲切。

浓密的胡须和洁白的口齿，与你的结识超乎想象，树木的睫毛上变幻春天到来的模样，你我的幻梦和微笑，同时敞开心扉。平凡的木屋盘膝而坐的坚定，寻找自己的幸福原本就是最隐秘的根本，拥有一副歌声的行囊，变身精彩。将帕米尔搂入怀中连同焐热的收获。

灰黄的天空下和沙漠的边缘，雪山面对面坐在面前，晶莹剔透，绿色草野像裙裾穿在帕米尔高原的腿上。

从一堵堵篱笆墙上伸出一束束杏花、桃花、梨花，灰蒙蒙的天空上响彻鸽群的银哨，从天空往下掉土，杏树、梨树、苹果树、石榴树、葡萄藤缠绕日光的指隙。

夜色被巴尔喀什湖包围着，湖水倒映着昆仑山，静卧的香妃墓，安详如刚抵达时的香体，突然有一首歌飘然而至，阿曼尼莎吟着夜莺和翡翠，浓荫中，地毯上的少女如玫瑰花，十二木卡姆悠扬的乐曲如丝绸遮盖着薄薄的夜幕。

戴一钩弯月，月牙挑亮了星空，灰稠的夜空深不可测。你的弯月被沙风飘进孤冷，我低头数着月光，月光晃动成河。

穿过错落的城市胸廓，一条清晰的河流，河流上飘着玉石。走向山外，一条灰色的道路。千年古道，长长的驼队、马队像蜿蜒的蝼蚁，只要生命不息，络绎不绝的驼队缓缓行走于戈壁沙漠。我与你的交流在银器里，你的传说犹如纱巾穿行在几个世纪，我想摁响门铃，摁响新鲜和陌生的城市。

## 香妃墓

在一钩弯月处格外响亮，沙枣花回归的荣耀，拍打干涸的雨云，一路驶来的山岗，悄然绽放。

大地的丝弦，化为一只巨鸟，手鼓敲醒群山，噪声很低的河流，击打树木，指引马队逶迤向西掩面的愉悦，与无边无际的风沙的咒语洗劫一切。

大地显贵，传说的羽翼一经落地，一片古柏下，铺天盖地的河流，在苦雨中掀起兴奋的泪水，带着泥土的味道，寂静的绿洲，倒悬一路疾驶的马蹄声，就此打住，冲着你的名字，埋下一束芳香。

## 和田玉

一块石头粗糙木讷，只有太阳盘坐河床之端。用舌头试探雪山的冷暖，一片嘴唇，闭合之间。

从古至今穿墙而来，一绢丝绸绵软岁月，也将绿洲绕缠。一段时节天空湛蓝，苍茫中行走，风沙已不再遥远。

沙漠枕畔核桃树边，狂乱的风沙中，与生俱来的名声，却那样响亮，阅尽历朝历代，包含人的目光、脚步和欲念，所有的历史都与昆仑雪峰河床有关。

从远古而来，深藏不露，欲言又止，因为品质，被人深爱，由于品德，受人尊崇，桑皮纸的地图上，玉石是一条纽带，被遥远捆绑，穿越千山万水万水千山。

往西再往西，经历风雨，一切有关玉的记忆，搜寻质朴高贵典雅，一块时常想要携带的信物，戴在脖项，佩挂腰间，亮色总在打磨，邂逅就无法忘却直至永远。

一幅地图，始终都在扩张，卷起的位置是天气预报的头版头条，每次发布的时候，总在路上耽搁。

从桑皮纸传来的讯息，都是戴玉的灵魂，地毯接受浮尘的洗礼，偏要挂起玫瑰的图案。

惊悚的村庄，总在应对混沌的拷问，摇响核桃树盘结的铁骨，在路旁安插绿洲果园。一张张馕大过磨盘，崇拜源自心底的鞠躬，一条河流的面孔，俯仰在昆仑山与帕米尔高原之间。

一个手工匠人，一道空降的灵感，总在干涩的黄昏，请求玉石的亮色，验证一条街、一座城、一道河床。不忍离去，仔细把玩。

风沙关照一切交替转换，最后一眼，我瞥见：树梢正寻找洁净日光的驿站。

褐红色的阳光犹如一丛火焰，彻夜不眠站立千年，已经不能盘腿打坐，却在飘忽之间，撒落一地果实，展露油然。

一片绿荫，百里方圆，森林的天空下，是端坐的祖父，儿孙延伸到了远方，巨风声中饱满的降落，不止浑圆。

令所有路过的人，都在寻找凸起毕现的筋骨，一次重生采撷不绝的基因与遗传，本身就是大师默诵天地风云，撑起的华冠止步于无言。

## 艾德莱丝绸

从不想要这样的生活，一袭黑袍的乌云，掩映落满的灰尘，我的心像小鸟，在灰色的果林感到憋屈。

从少女就开花的铃铛，让女人更像女人的植物，一朵花的模样被放大，昨晚我梦见一面彩旗，变成无数的春天的彩妆。雪水的巧手，甜瓜的歌喉，织机永远不会停歇。在村头我不时回头，鸟鸣在桑树下欢淌，顾盼里我的目光跳动如小鸟，早已飞进一片森林。

从衣着认识始于芳香，至少结尾的落款，是一群爱美的女人。歌声佩戴左右，与约会合影在害羞的瞬间，我要做自己的主宰，石榴般的故事结满颗粒。

## 沙漠中的城市

在沙海，城市像站立的驼群，不停地行走和生长。

从一诞生，就被沙漠挤兑着缩小领地，甚至乡镇和乡镇之间，都横亘着一个荒芜的村庄。

风沙和寂寞冲击着城市的轮廓，树枝上做巢的浮尘也开始纷纷飘扬，黄沙是一群方向感极强的鸟雀，又像一堆没有扎根的树叶。浮尘敲打着天空，挡住目光，在城市上空掀起尘土的波浪。密集的楼房构筑掩体，抵挡飞沙走石和干旱的进攻，沙漠公路的匕首将大漠分切两半，城市不停歇地将乡村、集镇变成不灭的灯光。楼房的性格正直而倔强，既不妄自尊大也不自卑退却，就像大漠边上生长的胡杨。

进入春天，梨树、桃树、杏树、苹果树开花的时候，这么多的生命突然蹦跳而出，城市再也不会显得寂寞，绿洲不知从何时开始，一步步走向尖顶、椭圆、高矗，名字撩人遐想。

大道两旁，我在寻找城市的徽章，有时拉锯战就在城市门口晃动，我们却浑然不知。而只有绿色最应该成为胎记，掩映于浓荫和梦想之上。

在瞭望，塔克拉玛干沙漠边缘，一座座城市弧形盘桓。从荒芜走向绿洲，从低矮走进高端，在城市带来惊喜的同时，经常打听晴好，因为有朋友，才会对所居住的城市有好感。

在搜寻，从倔强的性格中，看到城市崛起的速度，从漫步中，体验都市的延宕，从大气凝重中，加深对城市的好感。

有多少个生死之交的朋友，便会感到多少个城市的生动新鲜。

在认可，透过忙碌，看到城市的巨变，无数的风沙之夜从你眼前刮过，却依然谈笑风生就像从前，记住崭新的风貌，一点点探进你的心灵，馈赠我一个城市，我用珍藏报答一切挂念。

## 沙漠公路

穿透大漠，用柏油色的丝带，勒进沙漠的脖颈，岁月深沉如媒介，与荒漠捆绑，走到尽头，就能看到城市的灯光。

喜欢喧响，背上汽车如蝼蚁风驰电掣，不断接龙，高音喇叭，男人的手臂握着全天候的希望，女人的头巾随风飘出车窗，连同动感十足的歌唱。

每当进入夜幕，都会蹙眉站立，恐惧死寂，害怕在沉默的荒芜中被人遗忘，死寂有时是另一种风沙，苍茫的天底下，始终笼罩着远方。

从不介意沙，随时逼近眸子，不想被沙漠击溃，一棵躺倒的胡杨，卧姿中已经习惯延宕，即使没有绿洲的地方，也剥夺不了自由行走的狂放。

# 馕

在一块像器皿似的馕坑内，维吾尔人在面板上用水和面，经过揉搓，将面揉成圆盘形饼子，弯腰用手将面饼贴在滚烫的内炉壁上，在高温的烘烤下，柔软的面饼被挤掉了水分。出炉时饼子的香味随着热浪飘出了馕坑，出炉的面饼被叫作馕。刚出炉时柔软，之后坚硬。因为经过了高温烘烤，馕更易于存放而不变质。

出了炉的馕被摆在馕坑外的店铺等待出售。馕铺通常都设在人群聚居的地方，在墙角、旮旯处、街旁的窝棚内，或者站台旁。馕铺的主人从不叫卖，也很少涨价。馕铺总是默默地望着前来购买者，不像大酒店有门童为你开门低头笑迎，也不像一些小火锅店雇佣女孩招徕食客，更不像高档酒楼，你囊中羞涩，就不敢入内。馕铺从不摒弃任何前来购买的人群，它是那样不起眼，普通得不能再普通了，有时还有碍观瞻，简直是阻挡了街道上绿树、流水、车队的风景。

馕垒堆在那儿，在你感到饥饿时，胃液在蠕动、涶液在分泌，而又是夜半时分，所有店铺、商铺、商场打烊之后，你才会想到它，借着昏暗的灯光，看到一处旮旯处面板上高垒的金黄色的馕，这时你的惊喜和狂欢就是由衷的了，你会莫名其妙地涌起一种幸福感。你甚至会把馕呼唤成妻子或者情人，因为馕给了你物质上的满足，就像妻子和情人给了你感情上的满足。

不知道从什么时候开始，人们将食物分为高、中、低档，位于高端的是海鲜，而馕却承受着大众最低层次的需求，负载民以食为天的重托。

当然随着时代的变迁，馕也悄然发生着变化，仅从馕的形状就有质的飞跃，小圆馕、小刀形状的馕等等；从馕的作料看，也揉进了口感的变化，如有了奶子馕，填进了葡萄干、芝麻的馕等最简单的食物满足了最基本的需求，馕把面食的功能发挥到最大。

在新疆馕和烤肉是绝配，新疆的美食诸如大盘鸡、拌面、炒面、薄皮包子、抓饭，这些都是无法拒绝的诱惑，但你无法带在行囊中，随你而行，随时享用。只有馕，只要有水，只要你有饥饿感，馕可以随时满足你的胃。而在新疆的旅途上你想要享用海鲜，简直就是奢望，因为海鲜离开了海，严格地讲就不能叫海鲜了。

馕对胃具有的保护作用已经不是传说了。在喝酒前，对着满桌菜，主人会殷勤地给你掰半块馕，让你把胃填充一下，以抵挡之后酒精的冲击，这时馕就成了你的保护神。

馕，不论何时、何地，永远都是土黄色，和高原的肤色极其相似。它可以千里跋涉，装入行囊。馕经得起颠簸，经得起干燥的沙漠和孤独的旅程。只要你愿意，馕会不远万里填充你的胃。这时的馕坚韧、不善言语，但却会像邮戳随着你盖遍陌生的大江南北，像驿站撒播一路馕香。

在维吾尔人的婚礼上，馕被赋予丰富的内涵，在木桌上，馕被掰食成浓浓的亲情。它像浑圆的手鼓，鼓动起我体内的力量，它像金黄色的苹果，自小就开始滋养着我的胃。它用小麦的颜色，融合了几十代人的口味，它让我们的舌尖，充盈了略甜略咸的质感，还原了食物最朴素的本质。

馕是不可磨灭的食物，在新疆，我们离不开馕。

# 漫游天山行

进入新疆的第一个城市是哈密，一座最早享受阳光的城市，一座用瓜果命名的城市。丝绸古道在这里横躺成数条笔直的铁轨，铁轨由东南方向进入新疆广袤的土地。

沿着312、314国道，走过棉桃般散落的城市，太阳骑立在天山之上，落日盘桓在帕米尔高原。蔚蓝的天空、无垠的大漠，塔里木河雄浑跌宕，昆仑山、阿勒泰山雄奇险峻。

走在新疆的道路上，随时陪伴我们的就是天山。天山，已经成为勇敢、正义、宽容、吸纳、家园的代名词，它是我们心中的图腾。

从湘江边、从河西走廊、从八百里秦川、从苏杭天堂，从大城市北京、上海、武汉、沈阳、哈尔滨，各种各样的人，四川人的细腻、浙江人的精明、东北人的强悍、上海人的聪明、河南人的圆滑、甘肃人的耿直，各种乡音的交集，各种性格的融合，各种习惯的交流，各种文化的冲撞，相互取长补短，形成豪爽、正直、倔强、刚强的性格，演变成了新疆人这样一个浩大的称呼，一个顶天立地的群体。

我们是祖先的骨骼，承继了不屈不挠和倔强，是父辈精神的传人，血液里流淌着塔里木河、额尔齐斯河汹涌的波涛，胸怀里滚动着炽烫的太阳的光芒。漫天的风沙磨砺我们的性格，广阔的草原牧放我们的豪情。

这是生命中的一方热土，茫茫戈壁，站立不倒的千年胡杨树。

我们是荒漠的拓荒者，用双手建设祥和繁荣的家园，望不到边的土地不仅是我们栖居的场所，更是我们的精神家园。面对戈壁，也面对成片的绿洲，每到秋天，我们收获水稻、麦子和棉花，收获的还有我的太阳和希望，我们让塞外江南和戈壁明珠处处盛开。

这里的各族人民都喜欢用歌舞来表达情感、信仰和希望，这儿人的生活不能没有歌舞，就像不能没有食物。

生活在新疆的各族儿女，胳膊挽在一起，血液流在一起，大聚居、大融合、大开发、大发展已经是无法更改的主题，共同发展、共同进步已经是时代的旋律。我们各民族像石榴籽一样紧紧抱在一起。

这里的人保留着雪山的纯洁，根植了青松的倔强。他们勤劳、勇敢、踏实，在漫长的岁月里，叙写了多少动人的故事，却唯独不愿说出自己的故事，始终谦逊地认为所做的事情都微不足道，而将所做的事情都归之于内心的一种信念，源于对真、善、美的追求。他们像种子撒落在田野，在默默地生根、开花、结果的过程中，都结出了累累催人泪下的硕果。新疆不但盛产瓜果，还盛产人心的纯净。我们身边的人和事就像熟透的葡萄，随便摘下一串葡萄，他们晶莹颗粒般的内心，都传递着饱满、丰富、亲切和生动。

你的故事，我的故事，新疆人的故事，像柔软的芦苇，触碰着我们的心灵。故事不分长短，曲折、丰富、真实、发自内心的故事，都是精彩的故事。故事并不重要，重要的是故事背后，我们看到了闪耀的人性，如金子放在任何地上都会发光。

默默的人、默默地做着这些事情，也许他们说不出为什么要做这些事情，更说不出做了这些事情的结果，但他们知道所做的这些事情都不仅仅只为自己。他们的故事并不完美，也不是高、大、全，但他们所做的事都是沿着心灵的指引，倾尽全身之力。他们不想被人知道，也不想被报道、被宣传，不想成为公众人物，只想过平实的生活，但他们绝不会放弃做善事、好事、义事。

我们要记住这些人，即使他们语言、事迹那样平凡，即使他们所做的事情至今都未被发现报道，却是新疆精神在他们身上的折射，都是在弘扬正能量，在纯朴地追求人与社会的和谐、人与人的和谐，民族与民族之间的和谐，都是新疆人正在做、将来仍要做的事情。

在这个世界，你需要我、我需要你，你是我的手臂，我是你的双脚，延伸出来的手脚，就是创造奇迹的动力。

不辞长作新疆人。

# 嗨，咱是兵团人

## 1

沿着千年古道、丝绸之路，在茫茫戈壁荒漠，一辆辆马车、驴车、牛车，载着我们的祖辈千里跋涉来到这块荒凉边塞。骆驼声敲响了沉闷的土地。

一道生命的驿站。一直从渤海之滨、松花江畔、湘潭大地延伸着生命的足迹。

一个撼动风云的时代，一大队背枪的人向着西北行进着。有一个孩子衣衫褴褛，紧紧地跟着解放军的队伍，一口气走出了45公里，他走不动就揪住马尾支撑着朝前走，困了倒头便睡，醒来时却发现怀里搂着一具骷髅。

## 2

原来我是一杆枪，现在我变成了一把犁。我想挖掘和印证这一称呼，却用了整整一生的时间。

一群背枪的汉子，在望不到边的盐碱地上扎下帐篷，干打垒里飘出炊烟。

荒原上饿红了眼的狼，从未见过这么多背枪的人，他们的食欲已经超过了对枪的恐惧，在荒原一直尾随着劳动的人。

在一条水渠边，一群人围着一盆热乎乎刚煮熟的菜，谁也不愿动第一筷。在连长的命令下，最后还是伤员先盛了一碗汤，而在白花花的盐碱地我率先铲出了第一锹土。

这时天山飘着大雪，呼啸而来的西北风将父辈的棉衣撕开一道道口子，棉絮像雪花飘出。天山雪水孕育了我的名字，茫茫戈壁上空飘着我的歌声。我们的容颜因为久居沙漠显得格外苍老，手脚粗糙、宽大，但我的倔强、忠诚却永远没有改变。

我们是沙海老兵，追求简单，就是要改变这块土地。一辈子都生活在沙漠，从没有去过大都市，但我们却是这块土地上真正的主人。

## 3

这块土地不仅仅生产倔强，还盛产丰收，我的父辈们捆绑住肆虐风沙的巨龙，将塔里木河这匹野马的缰绳牢牢地把握。

那是热火朝天、大干快上的年代，我们烧荒、开荒、修路，我们种植苜蓿、苞米，播种小麦、水稻。干旱、风暴、黄风不时光顾，但绿色却顽强地伸直头颅，挺立着成为这块土地稀有的风景。麦子熟了、玉米熟了，向日葵迎风招展。

终于有一天我们走向晒谷场，我们收获了喜悦，一茬茬收获之后，我们的土地被称作“塞外江南”。

在简陋的礼堂里，一对新人正在举行简朴的婚礼，然后他们步入地窝子 —— 用红柳枝和着泥巴扎起的新房。不久，简单的木屋内响起婴儿的啼哭声。

我父辈生长的地方叫故乡，我生活的地方叫家园，我的血脉将要从这里延伸下去，薪火相传。当远方的月亮像灯盏在夜晚点亮父亲的相思，我看到父亲把一抹热泪流淌在沙漠戈壁。这个世界上还有什么比故乡更想让人亲近的吗?

## 4

父亲高大、耿直，从父亲的身上我继承不屈不挠的胆量，从母亲的身上继承善良和勤劳，我们是远古以来的现代拓荒者，在大漠抒写着人生。

从没有嫌弃这块土地，虽然她还不漂亮，就像我的母亲，但她有母亲般的善良，包容一切，包括乡音、籍贯和流离失所的孩子。

从父辈的身影下走过、成长，我们钦佩先辈的勤劳和无私，崇敬他们开始佝偻的身躯。

我的基因里移植了父辈不安分的种子和躁动的希望。我的骨子里总有一种不服输的犟劲，我的名字和父辈的名字深深地烙进土地，奉献中我感知着时代的脚步。我已经不满足于温饱，渴望走出大山、走出大漠，走出父辈呵护的眼神。

我是团场重点中学考上内地重点大学的学生，当我拿到通知书，踏上求学之路的时候，我的父母和团场的叔叔阿姨招着手向我告别。但一个美丽的姑娘却躲在树后，偷偷地望着我，她把手指咬在嘴里，滴出了鲜红的血。我使劲地搜寻着她，我多想看到那双清秀的眼睛和面庞。再见到她时，她已经成了别人的新娘。

在大学里，我从不避讳我是兵团人，我比别人更能吃苦，勤奋就是我的资本。假期里的大部分时间，我都花在了路上，即使到了疆内，回到我的家往往还要倒几次车。

## 5

我要见到大海和更大的绿洲，我要把都市的轮廓拓展到我的家乡。我要用自己的双手，把我的希望像城市般托起，这是父辈想做而没有做成的事业。我将是这块土地上永久的居民，是开拓的第一代，是建设的第二代，是满怀希望的第三代。

在与荒原、沙漠彼此的较量中，我无怨无悔，永不言败；在与人性的碰撞中，我正直磊落，仗义豪爽。生命在我心中格外珍贵，父辈的希望在我们身上得到延续。我还会回来，不仅仅因为父母那双盼望的眼睛，有一幅图画将在我的手中完成。

绿洲，将是我们永远的家园，也是我们矗立的墓志铭。

端详胡杨

# 我是新疆人

我出生在沙漠旁的小镇，一出生就有了一个与生俱来的称号。

从记事的时候起，就感觉到天地很大，雪山、荒漠和戈壁包围着绿洲。我睁眼就能看到雪山，一年四季都在闪耀银光的雪冠刺疼着我的双眼。

我的父亲1949年参加解放军，他从西安坐火车到兰州，步行进入新疆。当我的母亲操着款款吴语，从鱼米之乡常州来到新疆的时候，《汉语大词典》开始有了“支边”这样的词眼。我看到父亲的筋骨暴晒在太阳下，弯腰扶犁，挥汗如雨，母亲在望不到边的田野上播种。每逢重大节日，虽然脱掉了军装的父亲，都会把在枪林弹雨中获得勋章挂在胸前。几十年里，因为干旱、风沙、操劳和磨难，父母饱经风霜的额头过早地爬满了皱褶。

没有人再愿意听父辈讲这些故事，孩子们总想着未来的事情。他们不愿知道也不想知道今天的成果是怎么来的。但从小生活的经历我却永远也忘不了，也永远无法抹掉。

无论乘坐火车或汽车，走出星星峡的那一刻，我知道自己已经走进了“内地”。突然有一天，当听到“西出阳关无故人”的诗句时，我的名字显得那样苍凉和神秘，我的耳畔也一直响起《在那遥远的地方》。那么多的游客被这里的风光吸引、倾倒，慨叹之余，却再也不会来了。

一块馕被掰成两半，维吾尔大爷递给了我，我一下子就记住了他的名字，他显得那样高兴和快乐；从哈萨克老妈妈手中捧过香喷喷的奶茶；在一个餐桌上吃饭，蒙古族兄弟把最好的那块肉夹给了我。有那么多居住在这里的兄弟姐妹，和我们一样把这块土地叫家园。没有谁强迫我留下，我的身份证就是我的籍贯。

新疆天地辽阔，沙漠包围着绿洲，恶劣的自然环境，滋养出新疆人坚韧和吃苦的精神；居住地相隔较远，茫茫戈壁有时难以碰到人，突然相见、相聚，格外亲切，形成了新疆人好客和热情的性情；父辈来自内地，都为了同一个目标，很少有历史的纠葛，培育了新疆人豪爽、正直、乐于助人的习性。

过于耿直和憨厚，当着外人讲述自己故事的时候，我总是双手揉搓着衣角，说不出话来。很少说出我的想法和希望，总觉得都是卑微的胡思乱想，总想着理解别人，也希望别人平等地了解我，至少能听一听我的梦想。只会默默地做事，从没有想过要回报，也从不喜欢求人。在求人的时候，我会提着自己生产的特产，走在市区和街道，那样地扎眼。

这往往是我被人误解和内地人对我产生偏见的原因。

可能要一直在这里生活下去。这块土地，也是我的精神的栖息地。从不缺少果实，也不缺乏美食，劲道的面食，酸辣味十足的菜肴，飘香的烤肉味道，滋养着我的胃口。

我是有根的人，有着两个故乡：一个在远方，一个在现实。一直告诉孩子“老家”在哪儿，记住乡音和门牌号，可以常回去看看，但“老家”的概念对于我和孩子都是模糊的，那是属于父辈的。

现在生活着的地方清晰可见，我从早到晚都在这个地方行走。

有些人走出了新疆，只想开开眼界，有些人走出去了，却再也不会回来，但我们都叫新疆人，都有一个同样的称呼。即使很多人离开了这块土地，也会被思乡的情结触碰。在某一天夜晚，相信他们会情不自禁地想起沙漠中的一轮圆月。

从未想过要改变我的称呼，当内地人夸耀南方和滨海城市的时候，我就像屹立的胡杨茂盛地自顾自地生长着……

# 父亲是我心中的那棵胡杨

父亲他躺在病床上，脸色苍白，忍受着手术后的疼痛，虽然精气神儿还在顽强的支撑，但仍然明显地可以看到他的清瘦。

他被伤痛折磨了十年，他时刻都要拖着因风湿性关节炎而略跛的右腿，行走不便，每次全家人出去聚会，他都默默走在最后。但他是开朗的、乐观的，这种豁达支撑着他默默走过了近二十年的脱离岗位的生活，这种开朗就是随遇而安。

他曾经默默承受着提前离职的苦闷，他的抱负和施展才能的机会随着离职命令戛然而止。刚过知天命之年，是一个人最厚重的年龄，但命运却在不经意间作弄了他，他够离休的条件，但年龄不到，在同批离休人员中他的年龄是最小的。他时常坐在阳台随手翻着一部书，但我觉察到他的内心并未在书里。他毕竟是视事业为生命的人，事业给他带来了一切，事业也使他伴随着忙碌和忘我。他有很多话欲吐又止时常憋在心里，委屈、不甘和过往的经历像晨昏都得靠自己打发。

他清高、耿直，不愿求人，他始终觉得人应该靠自己的本事生存，内心里瞧不起苦心钻营的人。他不喜欢玩虚的，喜欢脚踏实地。有时喜欢标新立异，他是急性子，有时过于冲动。

他是重感情的人，渴望被人尊重、被部属记起，被战友看望。

他脑子反应快。走路快、吃饭快、睡觉快，这往往是他引以为自豪的事。

他记忆很好。讲起过去的事情，神采飞扬，很多细节，绘声绘色，同他交谈的人无不被他的记忆所折服。

他很朴素。虽已退伍，但还是喜欢军装，始终都穿着和绿色有关的衣服。

他很正直。他不喜欢绕弯子，说话喜欢直来直去。过于耿直，也许是陕西人的缘故吧。

在我的眼里，他是高高在上的。他身上烙印着那个时代所特有的父辈们的严厉、严肃和不苟言笑。在我们之间横跨着父与子的无法跨越的平等的沟坎。在我因顽皮惹祸时，他会用皮带抽我、用脚踢我，在那粗声的训斥中，那语言是急切、急盼的，厉声的斥责中，所表达出的是一种望子成龙的殷切。那时的大人多么希望有一个听话的孩子，一个听大人话的孩子，一个不被犯罪和不良嗜好所俘获的儿子。

他是严厉的。有时发起脾气来是暴躁的，他的严厉曾经那样伤害过我，但我没有继承他的严厉和苛责。我也并没有因为挨打而改变什么，因为我的心灵并没有像天窗被打开。今天，我和我儿子保持着一种平等的关系，最终赢得了我儿子从心底的尊敬，凡事都由他自己决定，而不是代替。这也许是我儿时的经历促使了我的改变。因为这已不是一个大包大揽的时代。

他是宽厚的、包容的。这种包容和宽厚，在年节时转移给了儿孙。他喜欢孙子，却总喜欢给他们、我们讲过去、讲艰苦的事情。过去已经成为吃苦的代名词，已经成为两代人乃至三代人的鸿沟。同时，他却又想用物资的东西来弥补儿孙的需要，就像所有的老人，他们那一代匮乏物资的苦痛记忆让他们总想让孩子过上平安不缺乏物资的日子。其实物资的东西很好满足，我们现在已经是一个物欲横流的时代。

在那么长一段时间里，在我眼里他是那样高大，虽然身高只有1.73米，他说的话对我都无可厚非的全部接受，甚至每一句话都是至理名言。

他在我中学、高中、大学都没有讲社会上复杂的事情，没有讲官场的争斗，他总是从正面给我讲大道理，话不多却很严厉，不容反驳。

他虽然无法主宰我们的命运，但他至少给了我在缺少物质的年代仅存的物质，至少给了我一种奋争向上的意识。那其实是一种比稀缺食物更贵重的一种食粮。

在他的身上我看到了自己，也看到了自己的今后，那就是遗传。继承了乐观、顺从命运又不屈服命运，承继了豁达、达观的心态，顺遇而安的境界，清高又随和的性格。

在我的职务达到一定的级别时，我突然感到，他并不那么高大，可能是因为我长大了。与我的父亲相比，我更多的是中规中矩，更多的是圆融，这也是这个时代给我的印记。

我多么希望他能快点站立起来，还像以前迈着稳健的步伐，因为还有很多他没有走到过的地方，还有，他是儿孙的精神支柱。

# 天山下，我是位孩子

在你的手心里，一直翻滚着奔跑，贴着你的衣领，在缝隙中像纽扣。夜空中虽然缀满了高远的繁星，却掩饰不了我对外部世界、书籍和春天的渴望，非常默念沙漠黄风拥抱中的小城，在那个四季中总有不少时日干涸的河流旁，我多么希望馥郁的沙枣花、清和的天空和我的诗集能够永存。

天山下，我是位天真的孩子。

一直顽皮、顽劣，忘掉了多少次因调皮、顽皮而遭到的训斥、挨打，我的顽劣是一种执拗，直至桀骜不驯。一直感到头顶有一只手扼住我的脖颈，叫我顺从，站住脚步。我总是不服输，就像塔里木河不屈服漩涡，绿色的树木不肯俯首黄色的旋风。把岁月当枕头，梦醒时分，心像水泵，不停地输升着希望的坚持，我在匆忙的路上。

天山下，我是位顽劣的孩子。

始终没有倒下，就像胡杨树，哪怕痛苦的泪水淹没我的视线，看不清前行的道路，尖锐的时间撕裂心中的天空，我仍然毫不拘束、无所牵挂地走过了青春和壮年，推动着我进步的是一种浓厚燃烧的风，总有一种吼声把我推向坎坷、绵延的泥路和雨天，孤寂唤醒我身体上的冷意。此时的阳光像一种馥郁的香味扑鼻而来，我的舌尖含食着这束晶莹的玛瑙。岁月从未终止，而我的岁月才刚刚开始。把秋天背在行囊中，一路走过，分享金黄的持久。

天山下，我是位自强的孩子。

无法找人倾诉，我也无法重复别人，因为无人懂我，只有你在内心与我纠结在一起。以无言阻挡一切问候，却以厚实而有力的大手抚摸着我的肩膀。大度的、深厚的、秘而不宣的日子，抽蚕剥茧般褪去了我的虚华和傲慢。午后，写满了生动的文字、纯粹的文字、内心的文字，蹑手蹑脚地去接近刚刚苏醒的活力，生怕惊醒沉醉的一刻。我没有那么大的力量，去改变别人，我的诗句也感染不了任何人，我只对自己说，我想做回真正的自己，自信淡然有力而深刻。

天山下，我是位自信的孩子！

## 一、呵，岁月！

在不经意间诞生了我，用宽大的胸怀，给了我呢喃、爱抚、推动和催促，让我一气呵成完成了一半人生的作品。

伸缩自如的岁月，行走沙漠的岁月，从不告诉我结局，只是暗示我路径。选择两条路，抑或更多的路，熟悉或者陌生，阳光或者暗淡。

遥控着我，一言不发，却偏偏是一个预言家。

慌乱和迷惘之中，冥顽不化的我感动且接受一种无法名状的幻觉，接受生活的赋予、生活的真实，没有谁能阻挡一缕月光透过窗棂，让我一直孜孜以求着人生的完整、完美、完满。

始终怀有一个图腾。儿时是一个童话世界，少年时是一本画册，青年时是一本浪漫诗集，壮年时是一个水手的徽章。青春的树木，激烈的河流，欲望的天空，只有你像看透历史一样看透我。

教会我忍耐，一年有四季，仅河流就有四种的变化。四季像河流穿戴不同的服装，从浅绿、深绿、枯黄、惨白，从解冻、开荒、熟稔、窖藏，时光的时针刻板地穿梭于晨昏。

摔打着我，在我低落和高潮时，你给了我一把钥匙和一部书卷，用纯白时光的匕首，彻底割裂了我的狂念和无尽的欲望，让我的经历、阅历始终围绕着一张人生地图，走出人生的沙漠，在绿洲中让我看到了春色，周而复始地踏上驿站、错过站台，直奔终点却徘徊于选择。是蓝海，负载着我，像负载着一只木筏。

起风的时候，我却躲进房屋避开了疾风暴雨，错过了与风雨直面的机会，缺失了在风雨中的观感，这是一种缺憾，可能永远无法弥补。你却一直在梦里鼓动我起航，奖给我一只橹、一片帆，让我把生命上升到符合的高度。

大地，落叶飘着你的名字，你的声音是一枝玫瑰，你是星光与大地合著的诗集，是道路和火炬的雕塑。那一刻日月星辰像书页在我的眼帘前一翻而过。

在我的臂膀刺烙坚定、坚持和坚守，在我的目光深嵌希望、希冀和希求，在我的身体流淌滚动、脉动和飞动，在我的脚背垂落力气、力量和力度。

岁月是岸，让所有的人每天都渴望见到河的对面，那块叫高调、平淡、喧闹，抑或幸福的、痛苦的、无助的、飘渺的彼岸，沙土纷纷扬扬扑面而来，跨越或者穿行，依附于心灵的呼吸，将耗用我的下半生。

## 二、呵，生活!

传神于我。

在我的耳畔驶动着松涛和鸟语，让梦无时无刻不在寻找我，一种简单的声音沉落在我心底。我尊崇着心底的吟唱，抚摸身旁的阳光，有一股暖流自胸腔轰然而出。我用专注审视自己的灵魂，并在费劲地搜寻你生命的轨迹所带给我的暗语。

呵，生活！

悲悯着我。

站在高处，看到我踉跄地跌倒，看到我无法改变的躲避，无力突围的狂奔，却从不嫌弃我。你总是让我看到清晨的第一缕阳光，在不经意间给了我拥抱让我感奋。

从远处抛来一道秘符，说人生就是一部作品，只有发表才能经得起评论，人生的一生处处埋着伏笔、败笔。

呵，生活！

鼓动着我。

总会在我低沉无望的徘徊中斜射进来一道阳光，我像候鸟般执着迁徙的希冀的翅膀不曾被折断，生命的厚重不止于一种渴望。

让我磨砺前行，一次次强迫我站立起来。风沙中我坚定目标，稀疏的风将无数的沙砾吹进我的记忆。

呵，生活！

牵引着我。

走在城市川流不息的人海中，拥挤中产生的厌倦催生了我对河流的眷恋。梦境中我的喊声呼应着河流的咆哮，河流告诉我要不屈不挠。

看到河流两岸错落有致的房屋，简单的生活、快乐的满足、单纯的问候、劳作的人们，这一切很容易让我产生亲切感，在那里我能找到自尊和归宿，找回最自然的状态和心灵的释然。

# 你的世界很大也很小

## ——致天池摄影家林新风

在山脚盘桓的日子，连自己都记不清，等待了多少个日出，仿佛就在头顶，招手即来挥之即去，却无法挥别脚下这滩碧水，已经长在你的脚下，处于胶着状态。

你的世界并不喧闹，偏僻处支起镜头的时候，洼陷的水色，随之也抵达至纯，轻轻梳理风的思绪，水的依恋，你的水乡与我不同，山水之间，我的落足，步履略显沉重，一个凡夫俗子，很难割舍背囊里的东西。

你潜下心来瞄准的东西，正是我的渴盼，一切的丰富源于简单，无欲既是宁静，原色不需要临摹。

一位山林的公主，讲述着非人间的故事，很难窥测你的内心，一行热泪是图片中的背景，只有执拗，驮在进山的马背上，无数个飘雪的日子，空落到没有一行足迹的地方，而你的脚步仍旧沉重。

一直有一种力量，赌你的后半生，像定海神针把你定在山中，每天的翻阅，都是与镜头的对话，捕捉的世界时刻都在飞翔，包括风霜雪雨，轮回的四季是你的根据地。走出大山的一刻，一直背着你的叮嘱，我憋足了劲儿，想大声喊叫，在博格达峰下千回百转。

端详胡杨

# 只愿为自己开放

## ——写在五家渠郁金香节

一

袭人的香味是媒介，带来春天和人群，捧着我，许多人不忍离去，手留香气。人流只为瞬间的芬芳，而我却要一生的花期。

二

刮风的季节，正午是桃花的暖巢，我的探头，却只能憋到今日。一朵花如果被重视，就要重视，土壤空气纬度湿度温差水质。

三

懂我的人，只在僻静处觑着我，栽种我的人，也不一定懂我，冷暖自知，只好将深沉下放到泥土里。大地浓缩为一叶方舟，只在适合的土地唱歌。